女神：ラリエル
アリム
テト
ベレッタ
チセ
女神：リリエル

『ご主人様が寒くなるといけませんからね。
毛糸の下着をご用意しましょう』
冬が始まる頃には、【創造魔法】で創り出した車椅子をベレッタが二本の腕で操り、家の中を自由に行き来できるようになった。また、編み物の本と毛糸を膝に乗せて、棒針で編み物をするようにもなった。
「それは、ちょっと恥ずか
うん、もらうわ。ありがと

魔力チートな魔女になりました
創造魔法で気ままな異世界生活
a Witch with Magical Cheat
4

目次

contents

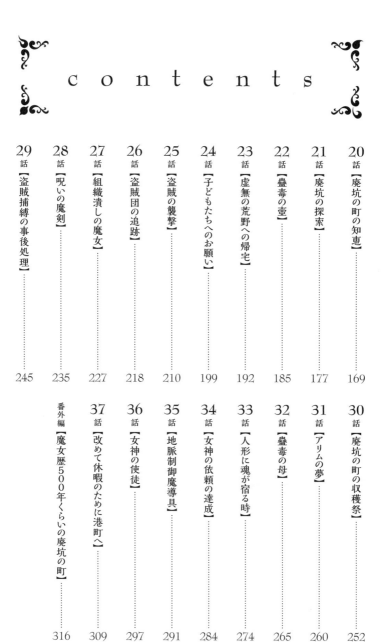

0話【魔女と侍女は、遠い昔を懐かしむ】

その日は、いつにも増して仕事が忙しく、一息吐けたのは夜の11時を過ぎた頃だった。

「ふぅ、疲れた〜」

「今日は、大変だったのです」

精神的に疲れた私は、隣のテトに寄り掛かるようにソファーに座る。

『ご主人様、テト様。お疲れ様です』

そんな私たちを労うようにメイド長のベレッタがお茶を持ってきてくれた。

膨大な魔力を持つ私が現場に立って問題を解決する時期は過ぎ、既に私やテト、ベレッタたちが育てた子たちがその役割を担っている。

それでも長い間生きて多くの知識と経験を蓄え続けた私でなければ、判断が付かないこともあり、こうして年に数度は仕事に駆り出されることがあるのだ。

『ご主人様には温かなミルクティーを、テト様にはホットワインをご用意しました』

「ありがとう、ベレッタ。頂くわ」

「ありがとうなのです！　温かいお酒も大好きなのです！」

私はやや甘めなミルクティーを飲み、ホッと吐息を漏らし、テトはスパイスの香るホットワインを一気飲みしてベレッタにお代わりをお願いしていた。

『ご主人様、本日はどのような仕事をなさったのですか？』

「大昔の遺跡の調査よ。古代魔法文明時代の代物で、本当に懐かしい物がゴロゴロ出てきたわ」

「魔女様は、遺跡調査のお手伝いよりも学者さんたちの相手をして疲れていたのです！」

遺跡調査に同行した考古学者たちから、様々な質問攻めに遭ったのだ。

その道のオタクのような人たちであるために、悪い人ではないが強い熱意を持って接してくるので、非常に疲れた。

遺跡から発掘された物の中には魔導具などの他に、破損した人型魔導兵器や奉仕人形など、個人的に懐かしい物が多数見つかった。

「一応、辛うじて目覚めた子は、うちで引き取ることになったわ」

特に起動できた奉仕人形は、破損しているために非常に丁寧な扱いが必要になる。

好奇心の塊のような学者たちには任せられないので、私が強引に引き取ることにしたのだ。

『そうですか。ならば、私が指導できるように準備をしておきます』

こうした遺跡調査などで時折見つかる壊れた奉仕人形たちは、まだ生きている者たちが居れば、べレッタと同じようにうちで引き取っている。

そして完全にその体を治した後は、古代魔法文明の研究に協力しつつ、一人のメイドとしてこの【創造の魔女の森】で他の奉仕人形たちと同じように過ごしてもらっている。

「それにしても懐かしいわよねぇ。ベレッタがうちに来た時と同じね」

『そうでございますね。その個体がどのような性格になるのか、個人的に興味があります』

そう言って、昔を懐かしむようにベレッタと語らう。

しばらく昔話で盛り上がるが、ふと溜息が溢れてしまう。

「こうして語り合うと、みんなで一緒に行った気楽な旅が懐かしく感じるわねぇ」

「また、魔女様と一緒に出掛けたいのです！」

今は各地に【転移魔法】の転移先を登録しており、望めば一瞬でその場所に転移できる。

だが、最後に訪れてから数百年は経っている場所もあるために、大分変わっているだろう。

そうした土地に改めて訪ねて行き、昔を懐かしみながら新たな変化を見つける旅も楽しそうである。

そんな穏やかで気ままな旅を想像して、旅に行きたい気持ちが膨らんでいく。

「今の仕事が一段落したら、また出掛けたいわねぇ」

「それは、楽しみなのです！」

私が、飲み終わったミルクティーのカップを置き、グッと背伸びをすると、テトも賛成してくれる。

『それでしたら、私も久々に旅に同行させて頂けたらと思います』

「ベレッタも？　良いわね、三人で旅なんて本当に久しぶりね」

私とテトの二人旅が基本であるために、ベレッタが旅に同行することはあまり多くなかった。

ベレッタは基本、屋敷を守り、私たちの帰りを待っててくれていた。

それでも時折ベレッタが旅に同行する事もあり、そうした旅の数々を思い出して、何だか嬉しくなる。

「さて、それじゃあ、今日はもう寝て明日に備えましょう」

「はーい、なのです！」

『ご主人様、テト様。お休みなさいませ』

恭しく頭を下げるベレッタに見送られた私とテトは、一緒のベッドで眠りに就く。

早くこの仕事を終えて、テトとベレッタと共に旅に出かけることを夢見ながら。


これは、遺跡で拾い上げた人形が旅を通じて魂を得るまでの話であり、一人の侍女が自身の役目を主人の居場所を守ることと定めた話でもある。

魔力チートな魔女になりました
a Witch with Magical Cheat
創造魔法で気ままな異世界生活

a Witch with Magical Cheat
~ a Slowlife with Creative Magic in Another World ~ 4

1話【虚無の荒野の現在】

イスチェア王国の国王たちにセレネを託した後、【虚無の荒野】に戻ってきた私たちは、寂しさを感じつつも変わらぬ日々を過ごしていた。

「セレネとの生活を考えて町に近い場所で暮らしてたけれど、やっぱり中心地で過ごした方が良いわよね」

「悪さしないようにあの悪魔を見張るのです！　出てきたら、また玉に封印するのです！」

テトが力強く言うとおり、【悪魔教団】が呼び出した大悪魔が【虚無の荒野】の中心地に封印されている。

封印した大悪魔は、魔力に分解する魔導具で消滅させる最中である。

万が一、大悪魔の封印が解けたり、魔力変換魔導具が故障した際には、速やかに大悪魔の再封印と魔導具の修理ができるように近くに拠点を置きたいのだ。

「それじゃあ、魔女様。昔のお家で暮らすのですか？」

「とりあえずそのつもりだから、見に行きましょう」

【転移門】を抜けた私たちは、【虚無の荒野】の中心地にある家まで移動した。

まだセレネが赤ん坊の頃に、一緒に暮らしていた家を見回し、懐かしさにしみじみとするが、家から外に出て周囲を見回せば、少し困ってしまう。

「改めて見ると、少し使い辛そうよねぇ」

まだまだ魔法の腕も魔力量も高くない頃に、土魔法で作った建築物だ。

更に数年間はあまり使っていないので所々で建物が傷み、ポーションを作るための調合部屋も欲しいために手狭に感じる。

「これは、一度建て直した方が良さそうね」

「魔女様、でも、ここだとあまり大きくできないのです！」

テトに言われて家の周りを見回せば、植えた世界樹が大きく育っているためにあまり広く土地を取れない。

世界樹は地面に根を深く張っているので移動させるのは困難であり、折角育てた木々を伐採するのも忍びない。

「とりあえず、仮の家を建て直してから、改めて大きな家を作りましょう」

「はいなのです！」

元気よく返事をするテトと協力して、家の中の大事な物をマジックバッグに仕舞い、テトの土魔法で家を分解して、家の土台を綺麗に整えてもらう。

そして、綺麗に整地された場所に手を突き、【創造魔法】を使う。

「さて、魔法でちゃっちゃと家を建て直しましょう。――《クリエイション》！」

そうして整えた土台の上に【創造魔法】で建てられた家は、尖っているのにどこか丸みのある屋根をしており、某有名な魔女の配達屋さんの実家のようになってしまった。

「おおっ、可愛いのです！　いいお家なのです」

建て直そうかとも考えた家ではあるがテトが頻《しき》りに褒めてくれるのでそのまま決まり、マジックバッグから取り出した、【虚無の荒野】の外縁付近の家に繋がる【転移門】を再設置した。

「将来的には、ここの中心地から各所にハブのように【転移門】を繋げたいわね」

「魔女様？　ハブってなんなのですか？」

「簡単に言えば、車輪のように、ってことかしらね」

分かりやすいように地面に車輪の絵を描けば、テトはすぐに理解してくれる。

「ハブなのですか！　テトはまた一つ賢くなったのです！」

「ふふっ、そうね。それにここは仮の家だから、新しく住む拠点も考えないとね」

「そうだったのです！　それじゃあ、新しいお家を建てる場所も探すのです！」

そうして私とテトは、新しい拠点を建てる場所を探すために森の中を散歩する。

「それにしても、ここも大分木々が成長しているわねぇ」

昔はホントに何もない場所だったのに、十数年の間に、小さな林になっていた。

現在は冬とあって多くの木々が葉っぱを落とす中、頭一つ飛び抜けて大きな樹――世界樹は常に青々とした葉っぱを付けて清浄な空気を発している。

「世界樹の周りは、魔力が濃くて空気も美味しい」

「とても気持ちが良い場所なのです！」

私もテトも深呼吸を繰り返し、世界樹の空気を味わう。

あと数十年もすれば、【虚無の荒野】の各所に作られた小さな森同士が繋がり、巨大な森林を形成して、小動物たちが生きていける環境が整うはずだ。

その頃になれば、女神・リリエルが張った【虚無の荒野】を覆う大結界も段階的に効果を弱めていき、徐々に外部から小動物たちを流入させていき、将来的には大結界を消滅させるだろう。

「あら、こんな所から水が湧いているわ」

「本当なのです！　ちょろちょろと水が出ているのです！」

森の中を歩いていると世界樹の根元から水が湧き出しているのを見つける。

きっと硬く締まった地盤を世界樹の根が地中深くまで穿《うが》ったために、地中内部の水圧で水が湧き出したのだろう。

そうした湧き水の光景は【虚無の荒野】の各所で見られ、乾いた大地に湧き水が染み渡り、風で運ばれた植物の種子が発芽して緑地ができあがりつつある。

「魔女様、水が出るのは嬉しいことなのです。でも、沢山湧き水が出ちゃうと家の周りが水浸しになっちゃうのです！」

「そうね。でもそうならないように、小さな川を作って水を誘導したり、地面を少し下げて湿地にしても良いわわね。まぁ、その前に水浸しにならない拠点の場所を探しましょう」

「了解なのです！」

そうしてテトと二人で森の中を歩き続けると、【虚無の荒野】の管理のために解放したクレイゴーレムたちと擦れ違い、手を振られる。

テトが作ったクレイゴーレムたちは、頭に耳のようなお団子を付け、クマっぽいシルエットからクマゴーレムの愛称で親しまれている。

そんなクマゴーレムたちの頭や背中から植物が生えていることに驚き、心配する。

「あなたたち、頭に植物が生えてるけど、大丈夫なの？」

『『――ゴー！』』

「大丈夫みたいなのです！」

クマゴーレムたちは、一度地面と同化して森の中に生えた苗木や植物を自身に取り込み、植物の少ない場所に運んで植え替えているそうだ。

「本当に、少しずつ良い場所になっているわねぇ」

「テトもそう思うのです！」

クマゴーレムたちの手が加わっているから、この森は、少しずつ広がっているんだろう。

そのことを嬉しく思いつつ森の中の散歩を続け、新しい拠点を建てる場所を見つけた。

「新しい家を建てるのは、ここでいいかな」

テトと探して、新しい家の候補地を見つけたのは、小さな森の端である。

【虚無の荒野】の中心地より少し東に逸れた場所で、森の魔力が拡散しないように張った結界の外側である。

今は冬だから枯れてしまっているが、森の湧き水のおかげで風で運ばれてきた植物の種が芽吹き、そこそこの範囲で草地が広がっているのだ。

「ここを少しずつ整備して、新しい拠点にしましょうか」

森の端の草地であるために木々の植え替えの手間もなく、森の外側であるために将来的に家や土地の拡張がしやすい場所であった。

「とりあえず、候補地って分かるように、杭とロープを設置しておこうか」

「テトは、杭の方を用意するのです！」

テトが地面に手を翳《かざ》すと、事前に決めておいた範囲の地面が蠢《うごめ》き、石の杭が地面から飛び出す。

そして私は、【創造魔法】で創り出したロープで石の杭を繋いでいき、ここが新しい拠点を建てる範囲だと示していく。

「とりあえず、今日はここまでにして、家に戻りましょうか。土地は決めたことだし、どんな部屋が欲しいか決めないとね」

「今から、楽しみなのです！」

これから長い冬のために、テトと一緒に新しい拠点の意見を出し合う。

どんな部屋がいいのか、どんな外観の家が欲しいのかなど、沢山の要望が出るが、綺麗に纏まらない。

これは、一度建築家にお願いして建物の設計図を作ってもらった方が良いかもしれない。

私は、その日から新しい拠点を【創造魔法】で建てられるように、拠点用の魔力を【魔晶石】に貯め始めるのだった。

2話【ギュントン王子からの依頼】

春になり私とテトは、ガルド獣人国の辺境に位置するヴィルの町に向かった。

「楽しみなのですね」

「ええ、いい建築家が見つかれば良いんだけれど……」

冒険者ギルドに顔出しするのも町に出向く理由ではあるが、今回は新しい拠点を建てるための設計図を作ってもらう建築家を探すのも目的である。

そうして、町に入り冒険者ギルドに向かえば、顔見知りの猫獣人の受付嬢が声を掛けてくれる。

「チセさん、テトさん、お久しぶりです！」

「久しぶりね。私たちが居ない間、どうだった？」

「何か問題はなかったのですか？」

私とテトが冬の間にギルドで問題があったか訊くが、受付嬢の子は、微笑みを浮かべながら答えてくれる。

「セレネちゃんが居なくなって、寂しがる人が沢山いましたよ。それより、セレネちゃんはどうしていますか？」

「セレネは今、教会で勉強しているはずよ」

「楽しくやっているのです！」

「そうですか、良かったです」

そう言って、ホッと安堵する受付嬢に本当の事を言えなくて少し申し訳なく感じる。

セレネがイスチェア王国の王女であるという事は、秘匿されている。

この事を知っているのは、セレネを探しに来た捜索隊の話を聞くためにその場に居合わせた冒険者ギルドの職員や冒険者、町の衛兵のみである。

そのために彼らが口外しないように魔法契約を結び、口止めした。

【小さな聖女】と呼ばれたセレネは、本格的な回復魔法を学ぶためにイスチェア王国の五大神教会で過ごしていることになっている。

そんな王女の存在を隠すための辻褄合わせをギュントン王子が行なってくれたのだ。

「それじゃあ、いつも通り薬草とポーションの納品依頼をしたいけど、いいかしら？」

「はい、お願いします。って、Aランクに上がったんですか！　おめでとうございます！」

私とテトがギルドカードを差し出すと、書かれた文字を見て驚く。

【転移門】でイスチェア王国とガルド獣人国を行き来していたために、去年の夏頃まではこのギルドにも時折来ていた。

イスチェア王国でAランクの昇格試験を受けた後、セレネの護衛として王宮に滞在し、セレネと別れてから現在まで【虚無の荒野】に引き籠もっていたので、十ヶ月ぶりと言ったところだろう。

「去年、セレネに会いに行くついでに、イスチェア王国で受けてきたのよ」

「魔女様とお揃いのAランクなのです！」

「流石《さすが》、【空飛ぶ絨毯】なんて魔導具を持っていらっしゃる方々ですよね。他国の王都にまで気軽に行けるなんて……」

馬車よりも速い移動手段である【空飛ぶ絨毯】なら、最後に会った夏頃から秋に開催されたAランクの昇格試験に間に合うのも納得され、私は苦笑いを浮かべる。

そして、薬草とポーションの納品依頼を終えた後、別のギルド職員が私たちに声を掛けてくる。

「チセさん、テトさん。ギルドマスターがお呼びです」

「ギルマスが？」

「何の用なのですか？」

私とテトが顔を見合わせて、首を傾げる。

こちらには特に思い当たることがなく不思議がる私たちは、ギルド職員に2階の応接室に案内される。

「おぅ、来たか。二人とも」

応接室に居たヴィルの町のギルドマスターが、片手を上げて気軽に声を掛けてきた。

「どうかしたの？」

「Aランク冒険者になったそうだな。まずは、おめでとうと言おうか」

「ありがとう」

「ありがとうなのです！」

12歳で成長の止まった【不老】の私やテトと大分高齢となった獣人のギルドマスターとでは、祖父と孫くらいに外見年齢が離れている。

そんな私たち相手に丁寧な対応をしてくれるのは、彼が冒険者から叩き上げでギルドマスターになり、これまでの私たちの実績を正しく理解してくれているからだろう。

「色々と大変だったみたいだなぁ……」

数少ないセレネの正体を知るギルドマスターからの言葉に私は、小さく笑ってしまう。

大の大人が若干言葉に迷いながらも気遣ってくれる姿が、何だかおかしく感じたのだ。

「ありがとう。私たちは、大丈夫よ。それより、わざわざ呼んだ理由はなに？」

「そうなのです！　また依頼とかなのですか？」

私とテトは、【空飛ぶ絨毯】による機動力を買われて、時折ギルドマスターから依頼を割り振られることがあった。

今回もそれ関係なら、受付嬢から連絡が来るはずであるが……

「此度《こたび》は、私が直接依頼をするために来てもらったのだ」

「お久しぶりです、チセ殿、テト殿」

ギルドマスターの背後にある扉から現れたのは、ガルド獣人国の第三王子であるギュントン王子とその秘書官のロールワッカであった。

ダンジョンコアと引き換えに、ガルド獣人国に面している【虚無の荒野】の土地の所有権を認めさせた時以来である。

「お久しぶりです。ギュントン王子」

「久しぶりなのです！」

「相変わらずだな。さて、依頼の話をしよう……」

ここから先は、彼らの話であるために、ギルドマスターは退席する。

国内外を飛び回っているはずの外交官であるギュントン王子が何故、わざわざ一介の冒険者である私たちに会いに来たのか、その理由に耳を傾ける。

「お前たちに依頼したい内容は、ガルド獣人国内に蔓延《はびこ》る裏組織の壊滅に協力するというものだ」

「裏組織の壊滅ねぇ、あまり穏便じゃないわよね」

「テトたちは、悪い人を倒せば良いのですか？」

私とテトの返事に応え、ギュントン王子が詳しく話してくれる。

「ここ数年、隣国ローバイル王国の裏組織が国内に入り込み、獣人国民たちを奴隷にして隣国に売り捌《さば》いているのだ」

「確か、ガルド獣人国って犯罪奴隷制よね」

隣国のイスチェア王国とガルド獣人国では、犯罪奴隷制度を採用しており、国家と国家が認めた奴隷商しか奴隷を扱えない。

そのためにそれ以外の者は、国家認定の刻印がない違法奴隷となる。

「その通りだ。だが近年、村々から子どもたちが誘拐され、村や街道での盗賊行為、不作による口減らしで奉公に出された人々が奴隷に落とされたり、詐欺で借金を背負わされて違法奴隷になる事例が多発しているそうだ」

「それは解決できないの？」

私が訊くと、疲れたような表情のギュントン王子に代わり、ロールワッカが説明を継いでくれる。

「何分、村々や街道の巡回や誘拐犯の捕縛、国境線の警備、違法奴隷にされた者たちの保護などに人員を割かれ、戦力が足りないのです」

「裏組織は、暴力を背景に成立している部分が多い。その幹部ともなれば対人能力に限ればAランク冒険者にも匹敵する」

「だから、Aランク冒険者になった私たちに声を掛けたのね」

「その通りだ。特に、今回の裏組織の幹部の中にはローバイル王国から来た魔法使いも居るらしい。魔法技術で劣る我が国が下手に手を出せば、被害が拡大する恐れがある」

現状は、違法奴隷たちの救出のために兵士を動かしているが、それでも裏組織を追い詰める決め手に欠けている。

そうした状況の中で、魔法使いでAランク冒険者の私たちに白羽の矢が立ったのだろう。

「違法奴隷にされた者たちを助けるために、どうか力を貸してもらえないか？」

王族としては頭は下げられないが、必死な瞳で見つめてくる。

私としても、女子どもが被害に遭うのは見過ごすことはできない。

「わかったわ、協力してあげる」

「テトも子どもたちを助けたいのです！」

「ありがとう。感謝する」

私たちがそう言うと、ギュントン王子とロールワッカが感謝するように目礼してくる。

「お礼は、依頼を達成した後よ。それと、ギュントン王子には報酬を期待しているわ」

「ああ、それなら通常の報酬とは別に、可能な物を用意しよう」

そう言って自信満々のギュントン王子に対して、私はとあるお願いをする。

「じゃあ、良さそうな建築家を知ってる？　新しい家を建てたいからその設計図をお願いしたいの」

「はぁ……家の設計図？　まぁ、貴族御用達の建築家の紹介が欲しいなら行なうが、そんなものでいいのか？」

私が特別報酬として建築家の紹介と新しい拠点の設計図をお願いすると、ギュントン王子は、眉尻を下げて困惑した表情になる。

「魔女様とテトにとっては大事なことなのです」

相手の匂いで言葉の真偽を判別できる嗅覚を持つギュントン王子は、私たちが本気で言っていることを理解するが、納得できないような顔をするのだった。

3話【裏組織の拠点制圧・前編】

ギュントン王子から裏組織の壊滅の依頼を受けた私とテトは、ギュントン王子たちと共に、ガルド獣人国に巣くう裏組織の拠点がある都市に向かう。

そこで、裏組織の壊滅のために動く兵士たちと合流することになった。

「ここまでの護衛ご苦労。後のことは、ここにいるカーター連隊長を中心に事に当たってくれ」

外交官であるギュントン王子は陣頭指揮を執らず、国の兵士たちに一任しており、この都市の領主と面会した後で王都に帰還する予定だ。

そして、連隊長と呼ばれる鳥系獣人の兵士と引き合わされた。

「初めまして。Aランク冒険者の魔女のチセです」

「同じく、剣士のテトなのです！」

「噂はかねがね聞いています。私は、連隊長のカーターと言います。ダンジョン攻略者のお二方に協力していただき、心強いです」

そう言って、彼と握手をして、裏組織の情報を訊く。

「人攫《ひとさら》いの裏組織は、表向きでは東のローバイル王国の商会の支店として拠点を構えておりますが、そのような商会はなく、また怪しい人の出入りを確認しております」

「そう、他には？」

「現在確認している裏組織の戦力は、Aランク相当の幹部が1名、Bランク相当の用心棒が4名、人攫いに協力している盗賊団の頭《かしら》がおり、その中には冒険者や傭兵崩れも多数確認しております」

実際、人攫いの現場などで捕まえた者たちは末端の盗賊で他にも行商人に扮して、村々から人を買い集める構成員なども含めれば、数百人以上の組織だろう。

「一応、その程度ならガルド獣人国の軍隊でも何とかなるんじゃないの？」

敵の裏組織の情報をきっちりと集めているのだ。

立ち回りによっては、一人一人厄介な戦力を討ち取り、徐々に弱体化させることもできるだろう。

現に、目の前に居る連隊長のカーターは、Bランクでも上位の強さがある。

「確かに、一人一人を相手にするならできますが、下手に手を出すと我々だけではなく、住民にも被害が及ぶのです」

敵の拠点は、庶民街の真ん中に建てられており、周囲は木造住宅が多い。

過去に裏組織の壊滅のために拠点の制圧を行なった際、街に放火されてしまい、裏組織の捕縛に参加した軍が消火活動に当たらなければならなくなったそうだ。

その際に、違法奴隷にされた獣人たちも盾にされて、こちらが手出しし辛い状態になっている間に、逃げられてしまったそうだ。

「街と攫われた人たちを人質に取られているような状況ね」

「卑怯なのです！」

「そうです。やつらは、どのような卑劣な行ないもします。だから、こちらからは迂闊に手が出せないのです！」

カーターさんは、歯が軋み、爪が手に食い込むほどに力を入れて悔しげにしている。

「あんまり握ると血が出るわよ」

「す、すみません……」

「まぁ、とりあえず、相手の現場とか見ないとなんとも言えないわね。裏組織の拠点まで案内してくれる？」

「はい！」

あまり近くまで接近されると気取られるために、裏組織の拠点から少し離れた監視場所まで私たちを案内してくれる。

監視役には、鳥系獣人たちが多く、彼らは種族的に視力がいいので離れた場所からの監視に適任だった。

「あそこの建物が裏組織の拠点の一つです。また、他にも国内に同様の拠点が幾つもあります」

「なるほどね。テト、建物の中の状況は分かる？」

「ちょっと待つのです。むむむっ……」

テトは、地面に手を当てて、唸り声を上げる。

「あの……テト殿は、何をなさっているのでしょうか？」

テトの行動を訝しむカーターさんたちに対して、私が答える。

「土魔法の《アースソナー》で地面の様子や建物の内部の状況を調べてもらっているのよ」

「魔女様、分かったのです！」

そして、テトは、土間の土石を操作して、裏組織の内部構造を模した模型を作り上げる。

「こ、これは……」

「相手の拠点の地下の様子なのです！」

正確に再現された裏組織の拠点地下の構造に、カーターさんたちが驚く。

元々は、潰れた奴隷商の店を買い取って利用していたらしいが、裏組織の魔法使いが土魔法で地下にトンネルを掘ったようだ。

「城門に引っかからないと思って手引きしている者を探していたが、まさかトンネルなんて大胆な物を……そのトンネルは、どこに通じている!?」

興奮気味なカーターさんに対して、テトは、更に土魔法での探査範囲を広げていく。

「むむむっ……街の外まで通じているのです。ちょっと探してくるのです！」

そう言って監視場所の建物を出て、地下トンネルを辿るように歩き出すテトに、私とカーターさんたち連隊の人たちが付いていく。

そして、裏組織の拠点から通じる地下トンネルは、街の城壁の下を通り、更に遠く2キロ先の森の狩猟小屋まで通じていた。

あまりに巨大な地下トンネルの存在に、カーターさん一同は愕然としていた。

「こんなところに出入り口が……」

「他にも廃村の古井戸とか、崖の洞窟にも通じていたのです！」

三カ所の出入り口を見つけ、人や荷馬車が出入りしている痕跡を認めたが、場所だけ確認した後は速やかに撤収する。

ここで下手に出入り口を見つけたことが知られて逃げられると困るために、念入りに私たちの痕跡を消しつつ、一度街に戻る。

「魔法に精通するチセ殿とテト殿に来て頂いて僅か一日で、捕縛の準備ができそうです」

興奮気味に話し掛けてくるカーターさんとは対照的に、私は、まだ足りないように感じている。

「それだけじゃ、対策としては不十分よ」

「そうなのですか？」

「ええ。相手は、襲撃されると同時に町中に放火できるってことは、放火のための人員が町中に潜伏している可能性があるわね」

要は、襲撃されると共に、放火の指示を出せる可能性が高いのだ。

「ギルド同士が使う通信魔導具は高価な代物だから、もっと安価な方法だと思うのよね」

今すぐにでも、囚われ、違法奴隷に堕とされた人々を助けたい連隊の面々を説得しながら、裏組織の拠点の監視を続ける。

そして、二日後の夜――

「来たわ、準備して」

部屋の隅で膝を抱えて眠っていた私が目を覚まし、裏組織の拠点から魔力が発せられたのを確認する。

私の声に、テトと深夜の監視に当たっていた連隊の面々がテーブルに集まる。

「今から風魔法の通信を傍受するわ。――《インターセプト》!」

裏組織の拠点から発せられた風魔法の《ウィスパー》は、対象に声を届ける魔法だ。

その魔法にこちらの魔力を干渉させ、金属板を震わせて声を再現する。

『――こちら、ゾム。定期連絡をする』

裏組織の幹部の名前が出たことで、連隊の面々に緊張が走る。

それから一方的に裏組織の人員に発せられる指令を連隊の書記官が紙に記録していく。

一方私は、魔力の傍受を行なうと共に、その通信先まで感知範囲を広げて逆探知していく。

「……見つけた。街の地図を出して」

「は、はい！」

連隊の人員に指示を出して、裏組織の放火人員がいる場所に印を付けていく。

「よし、この場所を同時制圧できるように、作戦を立てるぞ！」

「そうね。あとは、複数の風魔法使いが居ないみたいなら、裏組織の拠点の踏み込みと同時に、建物を中心に防音結界も張っておけば、《ウィスパー》による伝令は妨げられるはずよ」

カーターさん始め連隊の面々と共に、裏組織の壊滅のための作戦を立てていくのだった。

4話【裏組織の拠点制圧・後編】

裏組織の拠点への踏み込みは、それから二日後に決まった。

街の外の逃走先三カ所と、放火のための別拠点を制圧する人員配置。

街に残る裏組織の構成員を逃がさないための、城門の警備の強化。

それらの準備を行ない、人通りの少ない夜明けと共に拠点への踏み込みが決行される。

「天気は雨……最高の天気ね」

魔女の三角帽の鍔《つば》を押し上げながら、曇天が覆い雨が降り続ける空を見上げる。

最後の悪あがきで街に放火されても延焼の可能性が少ないだろう。

「それじゃあ、行きましょうか」

「ああ、頼みます、チセ殿」

私と連隊長のカーターさんが連隊の面々を集めて、裏組織の拠点を包囲する。

「――《マルチバリア》」

裏組織の拠点を中心に、様々な機能を持つ多重結界を張って完全に地上部を封鎖する。

「皆の者、卑劣な外道たちを人っ子一人逃すな！　同胞たちを救出するのだ！」

『『『オォォォォォッ――――』』』

完全武装した獣人たちが、裏組織の拠点に押し入り、中にいる構成員たちとの戦闘が始まる。

建物内部から怒号が響き始める中、二階の窓から一人の魔法使いが飛び出し、浮遊しながらこちらを見下ろしてくる。

「獣風情が、また性懲《しょうこ》りもなく向かってきたのか？」

その直後、連隊長のカーターさんが素早く弓を構える。

「【黒鷺《くろわし》】のゾム！　貴様の悪行もここまでだ！」

「無い知恵絞って、雨の日を待ったんだろうが、涙ぐましい努力に泣けるねぇ」

裏組織の幹部のゾムの挑発と共に、連隊長のカーターさんが速射で三本の矢を放つのを合図に二人の戦いが始まる。

飛翔魔法と派手な風魔法を使って大立ち回りを見せる裏組織のゾムを相手に、作戦は着実に進んでいく。

「どうした⁉　また前と同じ結果になっちまうぞ！」

「くっ……」

弓使いのカーターさんと、空を飛び矢避けの魔法を張るゾムでは相性が悪く、ゾムとの実力差が窺える。

それにこちらを挑発して注目を集めるゾムが時間を稼いでいる間に、攫われた違法奴隷たちに命令して連隊の人たちを足止めさせ、更に放火による街の混乱に乗じて飛翔魔法で街から逃走。

地下では他の構成員たちが奴隷を連れて、トンネルを通って姿を消す算段だろうが……

「おい、どうした？　なんで街に火が上がらねぇんだ。おい、お前ら、どうしたんだ！」

街に異変が起こらないことに訝しみ、更に建物内部も着実に制圧されていくことに焦りを覚えたゾム。

そんな彼の耳には《ウィスパー》で建物内部の状況が伝わっているようだ。

『ダメだ、ゾム！　先に奴隷たちを抑えられた！　それに逃げ道のトンネルも潰された！』

「何だと!?　チッ！　――《ボルテックス》！」

そして、一人だけ街から逃走するために、周囲に張られた結界を壊そうと杖に雷を纏わせて、そのまま突撃していく。

一点突破に優れた雷魔法は、速さ、威力共に優れた強力な魔法と言える。

また不利と見てすぐに逃げ出す判断力は、裏組織で生きる上で必須な能力だったのだろう。

だが――

「なっ！　防がれただと!?　獣共がこんな結界を……」

獣人たちが使える魔法や魔導具による結界の強度が分かっているからこそ、逃げ出せる自信があったのだろう。

だが、結界に攻撃を防がれて、改めてその強度に驚愕している。

「対人戦に特化してる、って言っても、まぁこの程度かぁ」

「――っ⁉　き、貴様か！　この結界を張ったてめぇは誰だ⁉」

魔力も極力抑え、体格のいい獣人たちに紛れていたために、私に気付かなかったようだ。

そんな裏組織の幹部であるゾムが吠えるが、冷めた目で見上げる。

「協力依頼を受けた冒険者よ。とりあえず、不愉快だから落ちなさい――《グラビティ》！」

ただ、軽く縦に振るように杖を動かすと、ゾムの体が地面に勢いよく落ちていく。

裏組織の拠点の屋根と二階を貫き、一階の床に叩き付けられている。

「犯罪者用の【吸魔】の手枷を用意しろ！」

『『ハッ――！』』

すぐに地面に叩き付けられた裏組織の幹部・ゾムに後ろ手に手枷を嵌め、私たちの前で引っ捕らえる。

「クソッ！　だが、まだ建物の中には、幹部の【岩砕】のエイデンと用心棒の【血塗れ《ちまみ》】のバードリーがいる！　あいつらは生粋の人殺しで、てめぇらなんて皆殺しだ！」

「まだAランクの実力者が二人も居たのか⁉」

慌てて駆け出そうとするカーターさんは、建物の中から出てくる大きな影に足を止める。

地面に押さえ付けられているゾムが影だけで誰か判断したようだ。

「さぁ、エイデン、バードリー！　こいつら殺して、俺を助けろ！」

「この人たちは、そんな名前なのですか！　よっこいしょ、なのです」

大きな影――巨漢の人間と獣人の大男たちを運んでいたテトがゾムの隣に降ろしていく。

「馬鹿な、【身体剛化】の使い手のエイデンと【獣化】を会得しているバードリーが……」

「魔女様～、捕まっていた人たちをちゃんと守ったのですよ～」

テトには正面から攻める私たちとは別行動で、違法奴隷たちの救出と保護をお願いしていた。

方法は、裏組織と同じように地下にトンネルを掘り、そこから違法奴隷たちが集められた部屋に直接乗り込んだのだ。

後は、続々と捕まった奴隷が保護され、裏組織の構成員たちが追い詰められていく。

「後でポーションを渡しておくから制圧の際に保護した人たちと負傷した仲間に使ってあげて」

「チセ殿、テト殿、幹部二人と用心棒の凶悪犯の確保、同胞たちの救出に感謝します」

そう私たちに感謝を述べるカーターさんに対して、裏組織の幹部のゾムが私たちを睨み付ける。

「チセ、テト……そうか。てめぇらがダンジョン討伐者か」

ガルド獣人国の穀倉地帯に出現したダンジョンを攻略したことを知っていたようだ。

そんな事を呟きながら連れて行かれる裏組織の幹部たちは、これから犯罪者の牢屋に入れられて、裏組織の情報を吐き出させるために尋問を受けるだろう。

そして残った私とテト、カーターさんは、裏組織の建物内から組織に繋がる情報を探っていく。

「カーター連隊長！　隠し金庫を見つけました！」

カーターさんの部下から報告を受けた私たちは、二階にある隠し金庫の前までやってくる。

「これが隠し金庫？」

絵画の裏というベタな場所に隠された金庫が目の前に存在した。

「ああ、ドワーフ謹製の鋼鉄製の隠し金庫らしい」

「この程度なら、テトが斬れるのですよ！」

そう言って魔鋼製の魔剣を引き抜こうとするテトを、カーターさんが慌てて止める。

「待ってくれ！　裏組織でも度々使われる金庫は、無理に開けると、中の物が炎上する仕組みになっているのです！」

「なるほど、証拠隠滅のための魔導具なのね」

違法な取引の証拠や裏帳簿、組織間での重要なやり取り、契約書などの物的証拠を消すための仕組みがあるようだ。

むしろ、頑張れば壊して開けられると思わせるために、魔法金属ではなくわざと鋼鉄で作られているのかもしれない。

「とりあえず、運び出してこの金庫の魔導具を安全に解体しないといけない。我が国の魔法使いでこれを解体できる者が少ないし、時間が掛かるのです」

また裏組織の追い込みに時間が掛かる、とぼやいている。

「ふぅ～ん。――《アナライズ》……なるほど、ここに魔力を照射して焼き切れば、よし、開いたわ」

カーターさんの話を聞きながら、金庫を解析して解錠を試みる。

金庫自体を壊したり、無理に開けようとすると内部が発火するようになっているが、特にそれ以外には魔法陣は反応しないらしい。

そのために、外部から3万程の魔力を一気に魔法陣に吸収させることで、許容限界に達した魔法陣が焼き切れて機能不全に陥り、金庫の鍵が開いた。

「はい、中の書類は無事みたいよ」

「流石《さすが》、魔女様なのです！」

そんな私の様子にカーターさんは、顎が落ちる程に驚いていた。

私は、中の書類を手に取りパラパラと流し読みする。

攫われた人たちの中には、獣人の他にも国内に集落を作って暮らすエルフやドワーフ、竜人などの亜人種たちも少数いた記録がある。

「はい、これをお願いね」

「ありがとうございます！　すぐに、この書類を精査させます！」

「さて、そろそろ次の拠点を潰しに行きましょう。ここからは、時間勝負よ」

「そうなのです！　まだまだ助ける人は沢山いるのです」

「は、はぁ？」

驚きすぎて、気の抜けた声を出すカーターさんに私は、答える。

「今回、裏組織の構成員を捕まえて拠点の一つを壊滅させたことは、近い内に知られるわ。そうなれば、相手は他の拠点を一度放棄して潜伏するはずよ」

「だから、その前に魔女様とテトたちで他の拠点も潰すのです！」

私たちがそう言うと、ごくりと唾を飲み込んだカーターさんが真剣な表情になる。

「この場の処理の人員だけ残して、他の拠点を監視している人たちと合流しましょう」

「は、はい！　了解しました、チセ殿！」

そこからは、電光石火の勢いだった。

カーター連隊長が率いる腕利きのみを連れて、早馬を乗り継ぎ、他の裏組織の拠点のある街に向かう。

その際に、私とテトは【空飛ぶ絨毯】でカーターさんたちと共に移動し、次々と拠点を制圧していく。

拠点を制圧し、発見した押収品を解析し、また新たな拠点や裏組織と繋がりのある国内の人物を調べ上げて、国内の裏組織の壊滅に尽力するのだった。

5話【拠点の設計図】

「ふぅ、やっと一段落付いたわね」

「魔女様、お疲れ様なのです！」

「しばらくは、ゆっくりしたいわねぇ」

裏組織の壊滅の依頼を受けて一年が経っていた。

連隊長のカーターさんたちと共にガルド獣人国の東部を駆け回った。

事前に分かっていた拠点三カ所を制圧したが、裏組織の拠点を一つ潰せば、連鎖的に別の裏組織や犯罪の繋がりが表れたのだ。

思った以上に根の深い裏組織を壊滅させるために、ガルド獣人国の東部の兵舎に対策本部を設立し、連隊の人たちと協力して一つずつ問題を解決してきた。

「色々と調査の方に時間が掛かったわよね」

「それが一番大変だったのです！」

拠点の制圧を受けて潜伏した裏組織の人間を探し出すまでの待機時間に、依頼期間の大部分を取られたのだ。

対策本部からカーターさんが各地に連隊の人たちを派遣して、調査に当たる。

そして、彼らが持ち帰った情報を元に、拠点や構成員を捕縛していく。

難しい現場では、私とテトが駆け付けて対応したが、待機時間の大部分をカーター連隊の人たちとの訓練をして過ごしたのだ。

「はぁはぁ……これが【獣化】の力……」

特に連隊長のカーターさんは、私とテトからの濃密な指導を受けて【獣化】スキルを習得し、Aランク冒険者にも引けを取らない強さを得た。

鳥獣人の【獣化】により飛行能力を会得した今の彼なら、裏組織の幹部であるゾムといい勝負が出来そうだ。

「チセ殿、テト殿、あなた方と共に行動できたことは我々の誇りです！」

『『『――ありがとうございました！』』』

そして冬が明けて依頼を受けた翌年の春――ギュントン王子から依頼完了の連絡を受けて、カーターさんたち連隊の人たちに涙と共に盛大に見送られる。

私とテトは苦笑いを浮かべながら、カーターさんたち連隊のみんなと別れて、依頼の報告のためにガルド獣人国の王都を訪れた。

「チセ様、テト様。お待ちしておりました。ギュントン殿下の執務室に案内いたします」

「ロールワッカさん、お願いします」

「お願いするのです！」

ガルド獣人国の王城は、飾りっ気が少なく、見るからに堅牢な様子は、質実剛健と言うに相応《ふさわ》しい様相であった。

「チセ様とテト様の活躍は、報告にも上がっています。私も報告を読ませて頂きましたが、胸が躍る痛快な内容でしたね」

「そう言われると、少し恥ずかしいわね」

「魔女様とテトは、沢山頑張ったのです」

電撃作戦で裏組織の支部を壊滅させ、更に散り散りになる盗賊団を探し出して捕縛し続けたのだ。

他にも、裏組織を手引きしたガルド獣人国の部族などの調査と捕縛、移送中の獣人たちの救出をするために追跡するなど、沢山の逸話が生まれてしまった。

「こちらでも【空飛ぶ絨毯】に乗った二人組の冒険者が悪党を退治してくれる、という話が耳に届いていますよ」

「一応、絨毯以外にも箒にも乗ったりしてたんだけどね」

速さだけなら箒に乗って飛んだ方が速いのだが、国軍のカーターさんたちの移動速度に合わせて【空飛ぶ絨毯】を使っていたために、そちらの方が人々の印象に残ったようだ。

そして、他愛のない話をしながら案内された執務室の扉をロールワッカさんがノックする。

「ギュントン殿下、チセ様とテト様がお見えになりました」

「入れ」

短い返事と共に入室すると、執務室で書類仕事をしているギュントン王子が居た。

「今、この書類を片付けている。しばし待て」

ぶっきらぼうにそう言うギュントン王子を待つためにソファーに座り、メイドに出されたお茶を飲む。

そして、しばらくしてペンが走る音が響き、それがピタリと止まる。

「待たせたな。裏組織の壊滅のために一年間も拘束してすまなかった。こちらも現在、裏組織の後始末に追われていたのだ。ロールワッカ、私にも飲み物を頼む」

「畏《かしこ》まりました」

そして、お茶を飲みながら互いに裏組織に関しての話をする。

とは言っても報告書を上げている以上、少し現場的な補足を説明した程度だ。

対してギュントン王子は、主に外交官として東の隣国ローバイル王国に連れ出された国民の返還のために奮闘していたらしい。

「とりあえず、判明している範囲での奴隷にされた国民の解放と返還に同意させた。また他にも居るだろう連れ去られた国民の行方を調査している」

「そう、良かったわ」

攫われて、奴隷として扱われたことで負った心身の傷を考えると完全に元の生活には戻れないかもしれない。

だが話を聞いていくと、犯罪奴隷しか認めていないガルド獣人国から大量の奴隷——特に女子どもの犯罪奴隷が大勢現れるのは不自然である。

そのために出身地を偽装し、居食住の保障の義務が生じる借金奴隷として売られていたのは、不幸中の幸いだったかもしれない。

「また、ローバイル王国の貴族たちが違法奴隷を買っていたようだ。今はローバイル王国が国を挙げて、人攫いの裏組織の壊滅に動いているそうだ」

自国の貴族たちがガルド獣人国での人攫いに加担したと見られ、外交問題に発展している。

見方によれば宣戦布告とも取れる行為だからこそ、自国が無関係であることを証明するためにローバイル王国は、積極的に裏組織の壊滅に動いているそうだ。

これにより、ローバイル王国内にある裏組織の本部は打撃を受けて弱体化し、ガルド獣人国の裏組織も壊滅するだろう。

人攫いや盗賊行為が完全には無くならないだろうが、しばらくの間は組織的な人攫いは減ることだろう。

「依頼の報酬は、既にギルドの口座に振り込んでおいた。それとこの国一番の建築家の予約を取り、私の名前で紹介状も用意したから持っていくといい」

「ありがとう。それじゃあ、そろそろお暇《いとま》するわ」

「お茶、美味しかったのです！」

そうして私たちは、建築家への紹介状を受け取り、王城を後にする。

そして、ガルド獣人国一番の建築家の許を訪ねたら、メガネを掛けた猿系獣人と会うことができた。

「ギュントン王子から話は伺っていますよ！　それでどのような建物を建てたいのですか？」

「えっと……一応、要望は紙に書き出してあるんだけど……」

「テトは、大きなお家が欲しいのです！」

この一年間、【虚無の荒野】に建てる新しい拠点について話し合う時間はたっぷりあった。

その意見を書き出した紙を建築家に渡せば、建築家の男性は、ふむふむと頷く。

「なるほど、この要望の通りの建物の設計図を描けば良いのですね。土地に関しての制限はありますか？　それに王都に建てるなら、大工たちを紹介できますが……」

「住んでいるのは辺境のヴィルの町の近くです。土地に関しては、私たちが魔法で開拓した場所を使うから制限はなしで、設計図だけお願いします」

「わかりました。屋敷の設計だけなら、半年ほどのお時間を頂きます。設計の修正などの打ち合わせを行なうのでしたら更にお時間を頂きますが……」

そう言われて、私は悩む。

普通なら、家の設計の修正などを繰り返して理想の住処を作るのだろうが、私は【創造魔法】を始めとする各種魔法を習得している。

建物の雛形さえあれば、後から魔法の力で修正することができるので、特に必要はないように思う。

「私たちは、一足先に辺境のヴィルの町に戻りたいので、国一番の建築家の腕を信じます」

「新しいお家がどんな風になるのか、楽しみにしているのです！」

「畏まりました。それでは、建物の設計図が完成次第、商業ギルドに依頼してヴィルの町の冒険者ギルドに送り届けます」

この建築家への代金は、既にギュントン王子が依頼の報酬の一部として前払いしてくれた。

なので後は、新しい拠点の設計図の完成を待つのみである。

「魔女様、楽しみなのですね！」

「そうね。私も今からどんな家になるのか楽しみよ」

【空飛ぶ絨毯】に乗った私とテトは、ゆっくりと【虚無の荒野】を目指して飛ぶ。

辺境のヴィルの町で冒険者としての日々を過ごし、建築家に依頼した拠点の設計図は、秋に受け取ることになったのだが……

「ちょ、なにこれ……流石に、予想外だわ」

「おー、凄いお屋敷なのです！」

届いた新しい拠点の設計図は、何枚にもなる大きな紙の束だった。

それを広げて確認すれば、二階建ての巨大なお屋敷の設計図だった。

部屋数も多く、バルコニーや数十人が入れる大きな食堂、広々とした厨房、大浴場まであり、家の裏手には庭園用のスペースが確保され、地下室も描き込まれていた。

また別の紙には使用人用の別棟の設計図もあり、どこの貴族のお屋敷だと言うほどの設計図であった。

私たちが想定していた、程々に広く多機能な家を大きく逸脱していたのだ。

なんでこんな物が届いたのかと私は天井を仰ぐが、テトが面白がって喜んでいる。

「魔女様！　テトたち、こんな家に住むのですか！　楽しみなのです！」

「いや、流石にここまで広いと掃除とかで一日が終わりそうよ」

二人で住むには広すぎる屋敷の設計図を前に、建築家の勘違いに気付く。

「あー、きっとギュントン王子からの依頼だから、叙爵前の貴族と勘違いしたのね」

叙爵の決まった有望冒険者に、前もって屋敷を用意させるためにギュントン王子が手配したのだと思われたようだ。

何より、後々から拠点を拡張できると思って土地を指定しなかったために、使用人まで揃える予定だと勘違いされ、本格的な屋敷を設計したようだ。

ガルド獣人国の中央は、獣人や竜人などの亜人種が中心となっているが、辺境では人間の貴族も少数はいるために、不思議に思われなかったのかもしれない。

「――《クリエイション》屋敷の模型」

試しに、屋敷の設計図を基に、【創造魔法】で屋敷の模型を創ってみる。

出来上がった屋敷の模型は、成り上がりの冒険者貴族が持っていても嫌味にならない落ち着いたデザインと機能性を有していた。

なにより、調合のために用意された離れの調合室やこれまで集めた本の数々を収納する本棚が壁一面にある図書館などがあり、確かにこんな屋敷に住めればと思うと溜息が漏れてしまう。

「でも、やっぱり二人で住むには広すぎるわ。これは、大事に仕舞っておきましょう」

「むぅ、残念なのです」

【魔晶石】に貯めた魔力で創れないことはないが、その後の管理ができないために泣く泣く諦めた。

今の拠点である家でも十分な私たちは、もうしばらくこのまま過ごすのだった。

6話【古代魔法文明の亡霊】

新しい拠点を建てることを一旦保留にして、今年も冬が訪れ【虚無の荒野】に引き籠もる時期がやってきた。

テトを箒の後ろに乗せた私は、【虚無の荒野】を上空から見回りしていく。

「去年は依頼があってしっかりと調べられなかったから、今年は念入りにやりましょう」

「了解なのです！」

封印した大悪魔や世界樹を中心とした魔力スポット、結界魔導具などを調べていくと、不意に私の魔力感知の範囲内に妙な動きを感じた。

「魔女様？　どうしたのですか？」

「何かが、【虚無の荒野】の魔力を吸っている？」

この【虚無の荒野】は今まで極度の低魔力……いや無魔力環境下にあった。

ここ十数年ほど植樹を行ない、私の魔力を放出して魔力濃度を高めてきたが、まだまだ魔力が足りない。

そんな中で魔力を吸い取る存在が現れれば、【虚無の荒野】の再生に遅れが生じてしまう。

「テト、様子を見に行きましょう」

「はいなのです！」

私は、飛翔魔法で飛ばしている箒を旋回させて、テトと共に魔力が吸収されている場所を目指す。

目に魔力を集中させ、魔力の流れを視認する中、何の変哲も無い荒野に辿り着く。

「この下みたいね。――《サイコキネシス》」

現在は、雪に覆われているが、念動力の魔法で地表の雪を退かすと、僅かに罅割《ひびわ》れた地面の隙間から呼吸するように魔力を吸い上げているのが分かった。

「テト、ここの地下を調べてくれる？」

「任せるのです！」

土魔法が得意なテトに頼み、この地面の下を調べてもらうと――

「魔女様。この地面の下に建物が埋まっているのです」

「あー、古代魔法文明の遺跡が残っていたのね」

魔法文明の暴走の余波で地表部分が消し飛び、【虚無の荒野】が生まれたが、当時の建造物が地中に残されていたようだ。

以前、【虚無の荒野】の他の遺跡を探索した際に、制御用魔導具の資料を見つけた。

それを元に【創造魔法】で同様の機能の魔道具を創り出して、結界管理システムに組み込んだ。

また、【虚無の荒野】には、古代魔法文明の遺産が残されている可能性を考えていたが、今まで調べる機会が無かった。

それがまさか、今頃になって稼働する遺跡があるとは思わなかった。

「とりあえず、周囲に影響を出さないように、結界で隔離して発掘しましょうか」

「得意なテトに任せるのです！」

結界魔導具を設置して魔力の流入を遮断して、テトと共に結界内の土を退けていく。

「どうやら、生き物の魔力や発動した魔法には作用していないようね」

魔力を吸収すると言っても動植物が空気中に発する余剰魔力を取り込んでいるらしく、生物から直接魔力を奪ったり、魔力を吸って魔法の発動を阻害してはいないようだ。

「もしかしたら、空気中の魔力を吸収した施設が自動稼働し始めたのかも」

それだったら、【虚無の荒野】に魔力が供給され始めたことで、遺跡が稼働を始めた理由が納得できる。

「魔女様、何かあったのですか？」

「これは……コンクリート建築？」

魔法による保護と固定化がされているが、どうやら建造物の一部を発掘することができた。

テトと共に壊さないように慎重に周囲の土石を掘り返して退けていけば、無骨なホテルくらいの大きさの建物が姿を現す。

「魔女様、これなんなのですか？」

「分からないわ。けど、とりあえず、中に入って確かめましょう」

私は、扉らしき場所を見つけて、開けようとする。

だが、２０００年以上も地中に埋まっていたために壊れているのか、扉は歪み堅く閉ざされたままである。

「仕方がないか。――《レーザー》」

私は、杖先に光を収束させせた光刃を生み出し、扉を焼き切っていく。

「おー、魔女様。力業でもいいのですか？　遺跡は貴重なものなのです」

「中を調べるためだから、多少雑に扱っても仕方がないわ」

それにもし、【虚無の荒野】ができる原因となった魔法実験の資料が遺跡に残されていれば、再びその惨劇を引き起こさないために資料を破棄しなければならない。

そうして建物の中に入ると、中は真っ暗だった。

「暗いわね。――《ライト》。うわっ……」

２０００年以上地中に埋まっていた建造物の中を見れば、そこには大広間があった。

大広間のそこかしこに人の白骨死体や水分が抜けてミイラ化した死体が残されていた。

白骨死体には、人同士が争ったのか、頭部が陥没した物もちらほら見ることができる。

「古代魔法文明の暴走で即座に文明が滅んだ訳じゃないみたいね。少しの猶予があって地下シェルターに逃げ込んで、閉じ込められて、そのまま……」

「切ないのですね」

とりあえず、２０００年ぶりにお日様の下に出して丁寧に埋葬しよう。

そう思い一歩踏み出した所、カタカタと周囲に散乱する白骨死体やミイラが震え始め、澱《よど》んだ空気が残る地下シェルターから毒々しい色の煙が立ち籠める。

「魔女様！　敵なのです！」

「これは、ガイスト系の魔物ね！」

寄り集まる毒々しい靄は、巨大なガス状の霊体魔物の形を作り、怨嗟の声を響かせる。

『――イタイヨォ、クルシイヨォ、セマイヨォ、ヒモジイヨォ』

『――ダレカ、タスケテ、ココカラ、ダシテ』

『――シニタクナイ、コノママ、シニタクナイ』

「２０００年物の嘆きと死への恐怖が地下深くで熟成された怨念の集合魔物――フィアー・ガイストと言ったところね」

私は、テトの手を引いて【飛翔魔法】で掘り起こした大穴から抜け出して地上に逃げれば、私たちを追って地下シェルターからフィアー・ガイストが出ようとする。

だが、ある程度の範囲からは抜け出すことができずにいた。

「地縛霊みたいに、あの地下シェルターに縛られているのね」

目に魔力を集中させて、地下シェルターやフィアー・ガイストなどを見れば、地下シェルターとフィアー・ガイストが繋がっているのが分かる。

最近になって【虚無の荒野】の魔力を取り込んで稼働した地下シェルターに寄生するように、2000年前に取り残された死者の怨念が顕現しているようだ。

そのために、地下シェルターから離れることができない地縛霊になっている。

「2000年物の集合霊とは言え、低魔力環境に居たから大した脅威じゃないわね」

「魔女様、あの子たちを見ていると悲しいのです。早く助けてあげて欲しいのです」

テトから悲しそうな声で頼まれる。

アースノイドのテトは、元はダンジョンに囚われて自我が崩壊した精霊をクレイゴーレムが取り込んで生まれた存在だ。

同じ場所に囚われ続けることに対して、取り込んだ精霊の残滓の琴線に触れたのかもしれない。

「ええ、助けてあげましょう。――《ピュリフィケーション》!」

地下シェルターの上空から浄化魔法を使い、清浄な魔力の波動が建物を通り抜けて降り注ぐ。

『『『ア、アアアッ――』』』

駆け抜けた浄化魔法の波動がフィアー・ガイストの霧状の体を崩していき、苦悶の声が響く。

だがその声は、次第に解《ほぐ》れてフィアー・ガイストの霧状の体と共に空気に溶けていく。

そして、フィアー・ガイストに残された怨念と魂が昇華されていく。

「魔女様、これで終わったのですか？」

「ええ、多分この地下シェルターには、悪霊の類いはいないはずよ」

10万を超える私の魔力の内、半分の5万ほどを注いで浄化したのだ。

圧倒的魔力による浄化は、どんな悪霊も逃さず浄化した。

そして、風魔法を使って、建物内に空気を送り込み、テトと一緒に死体やゴミを運び出す。

「魔女様～、人の骨や死体は全部火葬でいいのですか？」

「ええ、後で纏めて燃やすわ」

「了解なのです！」

改めて中に踏み入る地下シェルターは、避難した人たちがストレスなく過ごせるように個室になっており、部屋を一つ一つ調べていく。

私とテトは、丁寧に地下シェルターを調べ、各部屋から骨やミイラ化した死体を地上に運び出し、火魔法で火葬し残った灰を風に流して撒く。

「どうか、転生して新しい人生を歩めますように」

散骨した灰に向かってそう小さく祈る。

私がこの世界に転生したように、彼らもまた、新しい人生を送れるように祈る。

『――ありがとう、これで解放されたわ』

風に乗って、私たちの耳元にそんな声が聞こえた気がした。

「テト。もう一度、地下シェルターを調べましょうか」

「はいなのです！」

怨霊系の魔物の出現という出来事があったが、改めて地下シェルターの内部を調べる。

地下シェルターに残されていたゴミには、緊急時の防災道具などの残骸が残されていた。

実に近代的なものだったらしく、『１０００年保存の安心防災用品』の謳い文句が入った道具の残骸には、保存魔法の残滓が残されていた。

だが、流石に２０００年は保てずに、半ば風化していた。

内部で暴動が起きて人によって壊された警備用ゴーレムなどを運び出す中、それを見つけた。

「あれは、人？　死体は、全部運び出したと思ったけど、まだ残ってたの？」

「魔女様、あれは違うのです。人じゃないのです」

「人じゃない……それじゃあ、人形？」

外皮が経年劣化で剥がれ落ち、剥き出しの金属骨格の四肢は、避難した人々の暴動が原因なのか砕かれていた。

人を模した人形は、私とテトが放出する魔力を呼吸するように吸収していた。

「動くのかしら」

「魔女様、危ないのですよ」

「大丈夫よ。――《チャージ》」

私は、人形に手を翳《かざ》し、テトに魔力を補充する時と同じ要領で魔力を送り込む。

私の魔力を吸収した人形が僅かに発光し、ゆっくりと目を開けていく。

『……おはようございます。私は、奉仕人形B２０９８４号です。現在、故障中のためにメーカーに送り、修理をお願いします』

声帯機能も劣化しているのか、声が罅割れて聞き取り辛い。

「奉仕人形……あなたは、状況はわかる？」

『状況……シェルター内に避難した人々のお世話を目的として配置され、災害から67日目に発生した人間同士の闘争の仲裁の際に、故障。その後、魔力残量の低下による長期間のスリープモードに移行しました。あなた方は、救助者、ですか？』

「いいえ、遺跡発掘者ね。このシェルター内の人間は全滅して私たちが埋葬したところよ。それとあなたたちが生きていた時代から２０００年以上経っているわ」

『……そう、ですか。状況を、詳しく伺っても、構いませんか？』

「そうね。一度、私たちの家に運んでから話しましょう。テト」

「はいなのです！」

テトが奉仕人形を優しく抱えるように運び、私は砕かれた手足などの部品を探して家に連れて帰る。

7話【奉仕人形】

自宅に連れ帰った奉仕人形を椅子に座らせて、体の各所を調べ、話を聞く。

『B型奉仕人形とは、金属と有機組織を融合した生活全般の補助を目的とされた人型魔導具です』

「ホムンクルスみたいなものかしら」

『ゴーレムに人の皮を被せた、という認識が近いと思われます』

「テトとお仲間なのです！」

そんな奉仕人形の言葉にテトが嬉しそうな声を上げている。

「それでB型っていうことは、他の型番もあるの？」

『はい。A型が戦闘用人形、B型が生活全般の奉仕人形、C型が性処理人形となります』

話を聞きながら体の各所を調べていけば、機械部品と魔導具、そして人工皮膚などを利用して作られた奉仕人形は、まさにオーパーツと言って差し支えない。

「魔女様、直りそうなのですか？」

「うーん。難しいわねぇ」

『――奉仕人形の保証期限は300年となり、メーカーの保証対応は受けられません。新しい奉仕人形の買い換えを推奨します』

「そのメーカーが魔法文明の暴走で滅んじゃったのよ。だから、自力であなたを直さないと……」

何とも機械的な言葉遣いに苦笑を浮かべるが、こっちは【創造魔法】を持っているのだ。

パーツ一つずつを【創造魔法】で創り出して、少しずつ修理していけばいい。

「奉仕人形B型の設計図が欲しいわね。――《クリエイション》設計図！」

そんな安易な考えで【創造魔法】を使うが、バチッと弾かれるようにして魔力が霧散する。

「流石《さすが》に2000年前の知識を魔力で創造するのは、今の私の魔力量じゃダメかぁ。ごめんね、あなたをすぐに直してあげられなくて」

完全にオーバーテクノロジーを手に入れるためには、少し時間が要りそうだ。

『なぜ謝るのですか？　我々、奉仕人形には、感謝も謝罪も不要です』

「私の知っている概念では、愛着あるものは100年経つと魂が宿るのよ」

いわゆる、付喪神《つくもがみ》などと言われる概念だ。

だから、2000年前から存在する奉仕人形に対しては、人に準ずる扱いをするつもりだ。

『それは、ゴースト理論という形で既に魔法科学で成立しております。奉仕人形には、抗魔処理が施されており、ゴースト理論の発生確率は、0．01％まで抑えられております』

「でも、経年劣化でその処理が剥がれて発生する可能性もあるわね」

『ならば、それは不良品です。早々に廃棄処分の検討を勧めます』

奉仕人形自身は、機械的な返答をするが、それでもやはり私には人のように思えてしまう。

それに古代魔法文明とは、相当な技術を持ち、現代文明に近いように思う。

テトだけは、訳が分からず小首を傾げているのがまた少しおかしい。

「まぁ、私が見つけたんだから、あなたを直して傍に置くわ」

『……かしこまりました。当奉仕人形は、所有者が不在のためにあなたに新たなマスター権限を委譲します。今後ともよろしくお願いします、ご主人様』

「ええ、よろしく。私はチセよ」

「私は、テトなのです！」

「それと名前がないと不便よね。あなたは、そうね……ベレッタって名前はどうかしら？」

『……私は、ベレッタ。了解しました』

そうしてぎこちない、一人では動けない奉仕人形が僅かに首を動かす。

明日からは、この奉仕人形ベレッタの修理をしながら、【虚無の荒野】に地下シェルターのような施設が他にないか入念に探さなければいけないかもしれない。

SIDE：壊れた奉仕人形・ベレッタ

『なぜ、私は目覚めてしまったのか。なぜ、壊れたままではないのだろうか』

深夜、私を拾い上げたご主人様たちが寝静まった後、病人のように寝かされたベッドの上でそう呟く。

人々の生活を支え、奉仕することを目的に作られた私が、逆に人間のように介護される側に立つことに不可解な気持ちになる。

軋む首関節を回して左を向けば、夜間活動できる暗視を持つ視界がガラス窓に映る自分の姿を捕える。

（醜い姿だ……）

人工皮膚とその下の人工筋肉が剥がれ落ち、頭部に植え付けられた人工毛髪も抜け落ち、剥き出しの金属骨格を晒した姿は、不気味と言える。

他者とコミュニケーションを取る魔導声帯も劣化して音の調子が悪いのに、思考だけが冴え渡る。

（なぜ、私だけが残っているのだろう。いや、金属のこの身だから残ってしまった。遺されてしまったのか）

そして、目を瞑り記録を思い返すのは、ご主人様が教えて下さった２０００年前の出来事だ。

ご主人様が教えて下さった魔法文明の暴走――あの時、異常が発生し、あの地下シェルターに100人ほどの人間たちが避難した。

そして、起きたのは、地表を吹き飛ばす大爆発と瞬間的に魔力が消失した世界だった。

きっと爆発で生き残った人も無魔力の環境では、生きてはいけなかっただろう。

古代魔法文明人たちは、膨大な魔力を手に入れて長寿・長命に至ったが、高密度の魔力環境で生きていた。

そんな古代魔法文明人たちの体は、魔力に依存している、と学会で発表されており、その論文も私の記録に残されていた。

そのために、魔法文明の暴走後の低魔力環境に耐えきれずに死に絶えたのだろう。

そんな状況の中で生き残った人々は、世代交代を経て長寿長命を得るために魔力に依存した体を捨てた人々だと予測できる。

『……では、ご主人様たちは何者なのでしょうか？　テト様は人間なのでしょうか？』

ご主人様の魔力量は、古代魔法文明人にも引けを取らないほど濃密だった。

だが、周囲の魔力環境に依存しない体を持ち、肉体の加齢が停滞している点は、古代魔法文明人が追い求めた【不老因子】を持つ原初の人間と一致する。

そして、テト様は人間のようで人間ではない。

2000年前には存在しなかった魔族と呼ばれる未知の存在だ。

『考えても仕方の無いことですね。ご主人様は、ご主人様です。思考が逸れました』

改めて私たちの配備された地下シェルターは、運良く爆発の衝撃に耐えたと思う。

だが、地下は封鎖され、魔力消失により避難した人々も歪んだ隔壁をこじ開けるほどの魔法が使えなくなっていた。

そこから始まる生活は、人間の概念で言えば、地獄だった。

最初は救助を待つ人々が互いを励まし合い、私たち奉仕人形たちが彼らのお世話をした。

だが、次第にシェルター内の物資は減っていき、閉鎖空間が人々の精神を蝕む。

私たちは、人々の生活を補助する奉仕人形。

戦闘用のA型なら暴徒と化した避難者を鎮圧し、シェルターの環境を維持し続けられただろう。

性処理のできるC型ならば、不安な人々に寄り添い、慰めることができたのだろう。

ですが、生活全般の補助を目的としたB型では、ただ不都合がないようにシェルター内の環境を保つだけだった。

だが、そんな私たちの動きすら気に障る人間によって、手足を壊されてシェルターの隅に転がされた。

辛うじて動く頭部でシェルター内を見れば、同様に鬱憤晴らしで壊される奉仕人形や警備ゴーレムたち。

最後には、食べ物がなくなり、人間同士が争い合っているような状況で魔力が途切れてスリープ状態に陥った。

私が記録しているのは避難生活67日目までだが、それ以降人々が生存していたとしたら、ご主人様方が埋葬した死体の数は、怨霊の集合体となるには少ない。

1000人近くの人間の死体は、風化して殆どが消えたのか、それとも最後には、人間同士で骨まで食べて死体の数が減っていたのかもしれない。

そんな地獄のような状況から救い出されたのが、何故当時の人間ではなく、私なのだろうか。

『なぜ私だけが動けないまま、起動してしまったのか』

それだけが頭に残り、それでも不格好に壊れ、存在理由も果たせぬ状態でもこうして存在し続け、ご主人様から名前まで与えられた。

そのことに、僅かばかりの喜びを感じるのは何故だろう。

2000年の経年劣化で本格的に壊れてしまったのだろうか。

私の体は本当に直り、ご主人様たちに奉仕することができるのだろうか。

眠らない奉仕人形の思考回路が様々なことを考えていた。

8話【人型魔導兵器】

壊れた奉仕人形・ベレッタを見つけた私たちは、他にも【虚無の荒野】に同様の施設などが眠っていないか、隅々まで探し始めた。

小国にも匹敵する【虚無の荒野】の地下１００メートルまでの範囲を【土魔法】の《アースソナー》で調べ回るのに、冬場一杯を掛けてしまった。

そして、その調査の結果、地下には37の遺跡を見つけた。

その遺された遺跡の中には、ベレッタを見つけたような地下シェルターも幾つかあり、そこには、同じように怨霊系の魔物が誕生しており、どれも浄化して丁寧に葬送した。

そんな遺跡探しでは、様々な古代魔法文明の魔導具を見つけた。

その中には、奉仕人形もあったが、ベレッタのように起動できずに、どれも完全に壊れた状態で発見された。

【虚無の荒野】の遺跡からは、他にも高度な魔導具などが見つかり、教会の魔法書で習得した鑑定魔法で調べた結果、やはり今の時代の魔導具とは次元が違う――と言うか、前提条件が違うものだと分かった。

遺跡の一つが魔導具の生産工場らしく、その施設を見ると、魔導具を作るための魔導具などが残されていた。

また、奉仕人形やゴーレムなどの統一された規格を見るに、大規模工業生産が可能だったのではないかと思う。

「魔導具部品を作り上げ、それを大規模工場で組み立てて、奉仕人形のような複雑なものを作っていたのね」

残されていた魔導具は、それ単体では意味の無いガラクタだが、そうした魔導具が互いに連動して、極めて高度な機能を有した魔導具になっていたようだ。

「素体を魔力でねじ曲げるよりも関節部に様々な魔導具を仕込んで低魔力で運用できるようにしているのね」

ベレッタを修理するために、遺跡から回収した奉仕人形の部品を分解してみると、姿勢制御や持ち運ぶ時の物品に対する重量制御などが仕込まれていた。

一つ一つの魔導具の効果は小さいが、そうした小さい積み重ねにより旧来のゴーレムよりも低燃費で細やかな人間に近い動きが可能となったのだろう。

逆にシェルターに残されていた避難者たちが身に付けていた小物などは、現在の手工業的な魔導具生産を極めたような、アーティファクトと呼ばれるレベルの魔導具だった。

「このくらいなら、【創造魔法】で類似した性能の物を創り出して人に渡しても怪しまれないかな。それにしても範囲の割に得られる物が少なかったわね」

見つかる遺跡は、どれも頑丈な作りの場所だったり、【虚無の荒野】の外縁部に集中していた。

そのことから2000年前の魔法文明の暴走による破壊の威力が推し量れるだろう。

「魔女様～、次が最後みたいなのです」

「テト、ありがとう」

春が間近に迫る頃、いよいよ【虚無の荒野】の遺跡探しは、最後を迎える。

小国に匹敵する土地の調査を余すことなく行なった結果、一冬掛かったが、それも今日で終わりだ。

「はぁぁぁぁぁぁっ――てっりゃぁぁぁぁぁっ！」

テトは、慣れた手付きで地面を魔法で掘り返して、見つけ出したのは、遺跡ではなく地面に埋れた大型のゴーレムだった。

「えっ、嘘。ゴーレムって言うか、ロボット？」

地面から掘り起こされたのは、下半身に四脚を持つ金属製の人型兵器だった。

大きさとしては体長4メートルの大型ゴーレムで、肩に砲塔を担いでいるためにどことなく戦車のようなイメージを想起させる。

「あー、これも魔力を吸って起動しようとしているわ。このまま放置してたら遠くない未来に起動していたわね」

「魔女様、どうするのです？　壊すのですか？」

「あー、うーん。とりあえず、下手に触れない方が良いわね。暴走されても困るし」

その魔導兵器の周りに結界を張った私たちは、一度転移魔法で拠点まで帰る。

「ベレッタ、ただいまー。調子はどう？」

「ただいま、なのです！」

『ご主人様、お帰りなさいませ。お出迎えできずに申し訳ありません』

【虚無の荒野】の拠点まで転移で戻った私とテトを、軒先のウッドデッキでロッキングチェアに腰掛けるベレッタが迎えてくれた。

２０００年前に壊された手足の断面は、土魔法の【研磨】で丁寧に磨き整え、布を被せている。

ボロボロだったメイド服の代わりに新しくクラシックタイプのメイド服を着せて、ロッキングチェアに座らせて膝掛けを掛けている。

「ごめんね。手足を直したいけど、まだ直せなくて」

『本来ならば、２０００年も形を保持することを想定に作られておりません。ご主人様はお気になさらず』

「ありがとう。実は、今日の調査で大型のゴーレムが見つかったのよ。それであなたの意見を聞きたいの」

見つかったゴーレムについて説明すると、思い当たる節があるのか答えてくれる。

『２０００年前にも魔物の脅威はありました。それらへ対応するための砲撃型魔導兵器でしょう。古代魔法文明と言えども、発動させる魔法の威力はこの時代とそう変わらないと予測されます』

「へぇ、そうなのね」

ベレッタの話によれば、古代魔法文明は便利であったが、発現させる魔法の規模は現在とさほど変わらないらしい。

古代魔法文明人は、長寿・長命で魔力も多かったが、防衛用魔導具の発展により魔物に対して魔法を使う機会は減っていたらしい。

そして、防衛用魔導具に組み込まれた魔法は、広域殲滅魔法ではなく、貫通力の高い魔法だったり、魔物が使う【身体強化】を中和・妨害するような魔法だったらしい。

また魔法を使わなくなった古代魔法文明人は、魔導具を家電のように発展させ、地脈の魔力を吸い上げて社会全体が魔導具を動かしていたそうだ。

「人間って行き着くところは大体、そんな社会なのかしらね」

古代魔法文明と前世の記憶にある地球の光景を重ねて想像する私の呟きに、テトが不思議そうに小首を傾げている。

それからスキルと言う概念も当時は、なかったようだ。

そちらの方は、どうやら五大神たちを含むこの世界の神々が、低魔力環境になった世界でも遺された人々が生き抜けるように、ステータスやスキルと言う形でレベルと技能による補正を与えたようだ。

『ですので、当時の魔法は、それほど派手ではないと思われます』

「なるほどね。竜巻や津波は起こせるけど、余波が大きいわよね」

だからこそ、逆にどんな魔法実験を行なった結果、魔法文明の暴走を引き起こして滅んだのかは興味があるが、調べること自体が禁忌なのだろう。

知ってしまったら試したくなるのが人間なのだ。

『話を戻しますが、私の意見としましては、マトモに動くはずがありませんので放置。もしくは解体がよろしいかと思います』

「そう、でも私は操作とかできないけど、ベレッタはどう？」

『我々奉仕人形と魔導兵器のゴーレムとでは、規格に互換性がないので、操作は不可能です』

「じゃあ、解体して解析したら、金属資源に戻しましょう」

「魔女様、魔女様。あれだけのゴーレムなら大きな魔石を使っているのですよね。なら、テトが食べたいのです」

そう言って、食べたそうにするテトに苦笑を浮かべて、ちらりとベレッタを見る。

雰囲気的には、同時代に存在した魔道具同士で何か感じるものがあるのか、と思ったが、どうやらベレッタにはなにもないようだ。

そうして、私はベレッタを抱えるようにして砲撃型ゴーレムのところに戻る。

9話【物理魔法・改】

転移魔法でテトとベレッタを連れて、発見した魔導兵器のもとに戻れば、結界で囲っていたはずの魔導兵器が、ガシャンガシャン、ガシャンと動いていた。

「ねぇ、テト。私には、あれが動いてるように見えるんだけど、ちゃんと結界で囲ったはずよね」

「テトにも動いているように見えるのです。それに肩にある長い筒を構えているのです」

長年地中に埋まっていたためか、外部装甲は朽ちて剥がれ落ち、右腕が発掘時にはなく、脚部の四本脚のうち一本は上手く駆動せずに引き摺っている。

それでも残った三本脚と左腕、左肩から伸びる砲塔が【虚無の荒野】を見回すように動いている。

『ご主人様。あのタイプは、魔法吸収機構《マジック・アブソーバー》を搭載していると思われます。ご主人様の用意した結界を無力化し、その魔力で起動したように思われます』

「嘘!?　大丈夫なの？」

『どうでしょう。何分、不具合が生じていてもおかしくありません。そして、暴走状態にあっても……』

そう言って私が抱えるベレッタの言葉を聞いていると砲撃ゴーレムが私たちを見つけ、砲塔の照準をこちらに合わせる。

「まさか、狙って——回避っ！」

【身体剛化】を使って攻撃を回避した直後、貫通力が高い収束光線が放たれ、荒野の地面を抉《えぐ》る。

『ただの収束光線の先端に魔法無力化《マジック・キャンセラー》が展開されております。下手な結界では容易に貫かれます』

そう言われて私は、ベレッタの体を抱えながら、飛翔魔法で砲撃から逃れるために宙に飛ぶ。

そしてテトの方は、真っ直ぐに砲撃ゴーレムに立ち向かっていく。

「行くのです！　——おろ？」

テトにも砲塔が向き、魔法無力化の効果が乗った光線が放たれるが、【身体剛化】で強度を高めた魔剣を振って打ち返す。

『なんと……テト様は、無茶苦茶ですね。ですが、砲撃ゴーレムは、同種の魔導兵器同士との戦闘も想定されているので』

打ち返された光線を残った装甲で受ける。

装甲の表面には、魔法を拡散するような防御処理がされているのか、打ち返した光線の威力が軽減されている。

また、自身の放った光線が消えると、空気中に漂う魔力を吸って、次の光線の発射準備を行なう。

そして、再び放たれた砲撃は、無数の光線に分裂してテトに襲い掛かる。

テトは、無数の光線を魔剣で斬り捨てながら、走って避けていく。

「低魔力下だから砲撃のチャージは遅いけど、魔法対策がしっかりされているのね。それに砲撃魔法の種類を変えて、状況に対応している」

『ご主人様。悠長に構えているとテト様が危ないと思います』

「テトは大丈夫よ。けど、そうね……」

そうなると、物理攻撃力のある魔法はどうだろうか。

「行きなさい。――《ハードシュート》！」

取り出した【魔晶石】は、以前に打ち出した物の十倍の魔力容量を持ち、補充された魔力で結晶体の硬化を行なう。

硬化された結晶体は、鋼鉄にも匹敵する強度を得て、音速を超えて砲撃ゴーレムに打ち出される。

「おー、結構激しい音」

『ですが、耐えましたね』

激しい音と共に着弾した結晶体だが、魔法吸収機構によって結晶体が衝突する瞬間に硬化が解かれた。

それでも運動エネルギーまでは消失できずに、音速でぶつかる結晶体が砕けながら、装甲に大きな凹みを生み出す。

「うーん。そうなると射出する物は、もっと硬度がある方がいいわよね。――《クリエイション》タングステン・シェル！」

私が【創造魔法】で創り出したのは、タングステン製の砲弾だ。

釣り鐘状の金属塊を一発創り出すのに、巨大な鉄ギロチンを創造した時と同等の３万魔力を消費した。

「【魔晶石】よりも10倍以上も重いタングステン製の砲弾よ。受けなさい！」

右手でベレッタを抱えた私は、左手で重力魔法を制御して、空中に浮かべた砲弾に高速回転を加えていく。

ギュンギュンと高速回転が加わった砲弾は、私の敷いた風と重力魔法のレールに従い発射される。

どうせ硬化しても魔法が吸収されるなら、発射と加速に魔力を注ぎ込んだ物理魔法を打ち込む。

音速を超えたタングステン砲弾は、動きの鈍いゴーレムの腹部を穿《うが》ち、装甲を貫いて上半身と下半身を完全に分離する。

「よし、終わったわね。さて、とりあえず使えるものを探しましょう」

『ご主人様、恐ろしい攻撃ですね。対軍砲撃級の一撃でした――っ!?　まだ動きます！』

ベレッタを抱えながらゆっくりと地面に降り立つが、破壊したゴーレムはまだ活動しており、上半身だけで砲塔をこちらに向けてくる。

そして収束光線が放たれる直前に――

「魔女様とベレッタは、テトが守るのです！」

今まで拡散砲撃を避けていたテトだが、私の一撃で上下が分かたれた砲撃ゴーレムに接近し、砲塔と左腕部、頭部を魔剣で斬り裂いていた。

そして、発動直前の収束光線の魔法は、魔力を霧散させ、砲撃ゴーレムは活動を停止した。

「ふぅ、改めて終わったのね。それじゃあ、回収しましょう」

「了解、なのです」

私とテトは、破壊したゴーレムを回収する。

『制御魔導具でもある魔石の核は残っていますね。そちらは、魔石としての価値もありますし、ご主人様が考えるこの土地の魔力管理機構に組み込むこともできます』

Aランク級の大きさの真紅の魔石を砲撃ゴーレムから引き剥がした私は、テトの方を見る。

「――《アナライズ》……構造は把握して理解したから、今回はテトにあげる。魔石や魔力さえ整えば、後で再現できるわ」

「わーい、なのです！」

早速、受け取った魔石を砕いて少しずつ食べるテト。

無属性の解析魔法――《アナライズ》によって、魔導兵器のゴーレムとその魔石に組み込まれていた制御魔導具としての機能は、理解した。

これなら、Aランク以上の魔物の魔石を手に入れるか【創造魔法】で創り出せば、現在使っている物よりも大型で地脈まで管理できる制御魔導具を創ることができるだろう。

「それじゃあ、帰りましょう。これで【虚無の荒野】の調査は終わったし、やっとベレッタの体を直すことに集中できそうね」

『……ありがとうございます』

私は、来た時と同じようにベレッタの体を抱えながら、家に戻るのだった。

10話【五大神・ラリエル】

奉仕人形ベレッタの修理は、中々に困難を極めた。

古代魔法文明の精密魔導具は、非常に複雑な機構をしていた。

遺跡で見つけた経年劣化で破損した他の奉仕人形をサンプルとして解体し、一つ一つの魔導具部品を解析して記録に残す。

そして構造と使用された素材を理解し、新たに【創造魔法】で部品を一つずつ創り上げて、ベレッタの体に組み込もうとするが……

「ダメね。この部分は、私たちじゃ作れないし、接続もできない」

「ダメなのですか？」

『はい。奉仕人形たちの部品の一部には、魔導具メーカーのブラックボックスが存在します。それは、メーカーの企業秘密であり、解析することができないように処理も施されています』

流石《さすが》、２０００年前の古代魔法文明だ。

複製品を作られないように対策しているために、こうして私は修理することができないでいる。

「はぁ、これは完全にお手上げね。技術力が伴っていないわ」

技術としては、手工業的な魔導具作りで再現できるものもある。

だが基幹部に近い部分ほど、高度な技術だったり、隠蔽されていたりする。

「本当に、オーパーツね。私じゃ直せないわ」

「それじゃあ、ベレッタは直らないのですか？」

不安そうにするテトに対して、ベレッタは淡々とした口調で答える。

『直らないのならば、仕方がありません。ご主人様に奉仕することも叶わないこの身。どうか最後は、スクラップにして有用な金属資源として活用して下さることを望みます』

「全く、馬鹿なこと言わないでよ。直せないけど、直すことを諦めた訳じゃないわよ」

とりあえず、ベレッタの修理は、別のアプローチを考えなければいけない。

私は、ベレッタをいつものようにベッドに寝かせ、私たちも今日は早めに眠りに就くのだった。

そして、夢の中では——


…………

……

…

『ほぉ、お前がリリエルのところの有望な転生者か』

「えっと、あなたは誰？」

普段の【夢見の神託】では、女神・リリエルが居るはずなのに、目の前に居るのは、赤髪の快活そうな女性である。

今回は、ベレッタを直すための助言が欲しくて、こちらからリリエルと交信しようとしたが、何か間違えたようだ。

『あたしは、ラリエル！　五大神の長女をやってる。よろしくな！』

リリエルと同じような衣装に同じく頭に輪っか、背中に翼を生やした活力溢れる女性に、冷静なリリエルとは違う魅力を感じる。

「はぁ……私は、チセ。魔女をやっているわ」

ニシシッとイタズラっぽいような笑みを浮かべるラリエルに対して私は、気の抜けた返事をしながらも自己紹介をする。

「女神なのに、えらく軽いのね」

『神様であることと、威厳があることとは別なのさ。それにあたしは太陽神だから、明るくないとな！』

快活な笑みを浮かべるラリエルは、確かに明るい性格と言うか、姉御肌のように感じる。

そんな姉御肌のラリエルが、私に話を振ってくる。

『リリエルは、随分と協力的な転生者を見つけ出したよな。あの【虚無の荒野】を十数年の内に、ここまで再生させるなんて』

そう言って、好意的な笑みを浮かべながら私の体を上から下まで見つめてくるラリエルに、少し後退りする。

『ほんと、あたしらと会う時に自慢するんだぜ！　羨ましいったらないっての。だから、チセ――あたしの管理領域も手伝ってくれないか？』

そんな風に言われて、私は驚きながらも瞬きする。

どう答えようか思案して、口を開こうとした直後――

『――ちょっと待ちなさい！　ラリエル！』

『げっ、リリエルのやつ、来やがったな！』

私たちの頭上からリリエルが飛んできて、私とラリエルの間に降り立つ。

『リリエルばっかりズルいぞ！　有望な転生者を一人占めして！　ちょっとくらい手伝ってくれてもいいだろ！』

『嫌よ。まだ【虚無の荒野】も終わってないし、あなたの管理領域も違う意味で厄介じゃない！』

そう姉妹神同士で言い合うリリエルとラリエルだが、私としては――

「別に手伝うのはいいわよ」

『『ええーっ!?　（本当か！）』』

驚愕するリリエルと喜ぶラリエルだが、私としては、別に手伝ってもいいと思っている。

「別に手伝うのは良いけど、今すぐじゃなくてもいい？　先にベレッタを直してあげたいんだけど……」

『おう、構わない、構わない！　そのくらい２０００年の歳月に比べれば、大したことないな！』

『そんなこと言ってると、他の五大神の妹たちからも依頼されるわよ』

そう言われると、確かに面倒そうだが……

「不老になっちゃったからね。多分、この先の人生は暇になるわよ」

だから、気が向いた時に、神々の依頼でも引き受けることにする。

『ホント、お人好しね』

そう言って溜息を吐くリリエルに対して、内心ごめんねと思いながら苦笑を浮かべる。

「それで二人に相談なんだけど、壊れた奉仕人形のベレッタを直す方法を知らない？　今の私じゃ直して上げられないのよ」

私がそう聞くが、二人は困ったように首を横に振る。

『チセに頼られるのは、悪い気はしないけど、無理ね』

『女神だって万能じゃないからな。無理』

「でも、リリエルとラリエルは、この大陸を見守っていた女神でしょ？　なにかヒントとか、直す技術を持っている一族がいるとかないの？」

更に尋ねるが、やはり答えは変わらないようだ。

『無理ねぇ。そもそも、技術自体が完全に途絶えたし、世界発展の前提が色々と違うから同じ技術体系に成長しないいんじゃないかな？』

「どういうこと？」

そこから始まるのは、神々による創世神話から現在に至るまでの流れのダイジェストだ。

最初に創造神が大陸と神々を生み出し、人や魔物を含む生き物を生み出した。

次に神々がそれぞれの大陸で人々を導き、様々な魔法を行使した原初・混沌の時代があった。

この頃、神々が起こしていた自然現象の奇跡が【原初魔法】の元となっているらしい。

それから神々が地上を見守る、人の時代になり、人々は、神々が与えた神造武器や魔法、自然現象を解析し、その技術を応用して発展して長い年月を掛けて古代魔法文明の頂点が誕生した。

『そして2000年前の魔法文明の暴走で大幅に文明が衰退。その際に、魔力の大量消失が起きて、生き残った人を保護するために世界のルールを改変して、ステータスシステムが導入されたわ』

それ以前の世界には、ステータスやスキルがない。

魔力の多くを失いながらも生き残った人たちは、ステータスの補正によって肉体を改変し、スキルの補正によって生存能力を上げたのだ。

『それからあたしたちは、異世界から魔力とチセのような転生者たちを呼び込んで、世界の再生を目指したんだ。最初は良い感じで急速に文明が成長したけど、ある時を境にほぼ停滞して現在に至るわけだ』

最初の300年で中世ヨーロッパ前期頃の文化水準まで達することができた。

だがそれ以降は、魔法とステータスの影響か、突出した個人が文化を一時的に押し上げても、長続きしないらしい。

『魔物もいるし、人間同士の争いもあって安定した発展はしないし、何より当初の予定にはないイレギュラーも発生しているのよね』

「イレギュラー?」

『そうさ。ステータスは人種だけじゃなくて道具や魔物にも適用された。その結果、魔族って呼ばれるやつらも生まれた。あたしたちは、第二人類って呼んだりしている』

創世神話で神々が作った人類とその後に派生するエルフ、ドワーフ、獣人、竜人など数種類の基本的な人種が第一人類だとするならば、ステータスの影響で誕生した、魔族と世間一般で呼ばれる存在を第二人類と呼んでいるようだ。

『だからなぁ。遠洋航海技術も確立しないまま2000年が経った。もしかしたら、余所《よそ》の大陸の中には、人間じゃなくて魔族たちが主権を担っているところもあるかもしれないよなぁ』

『私たちが管理するこの大陸は、魔法文明の暴走の余波で魔力が減った分、魔族への変異者は少ない方だけど……ねぇ』

「なるほど、世界のシステム自体が変わったから、違う人種も現れたのね」

途中から若干、神々の愚痴っぽいものに変わっているような気がした。

結局、先に生まれたか、後に生まれたかの違いはあるが、女神たちにとっては人間も魔族もどちらも見守る相手なのかもしれない。

ただ、その話を聞いて、一つだけベレッタを直す可能性が見えた気がする。

「ありがとう。ちょっとベレッタを再生させるヒントを見つけたわ」

『えっ、嘘。ちょっと何をするつもり……』

「それは――」

私がリリエルとラリエルに説明すると、ラリエルは爆笑し、リリエルが思案げな表情で呟く。

『あはははっ！　マジか⁉　確かに２０００年前じゃできない方法だよな！』

『でも、可能性としては、ないわけじゃないわよ』

女神二人の確認をもらった私は、夢から覚めるのだった。

11話【その人形が主人に仕える日】

【夢見の神託】でリリエルたちからヒントを得た私は、奉仕人形のベレッタの体を直す準備を進める。

そして、春のある日――

「ベレッタ。今日は、あなたの体を直すわ」

『ご主人様、先日は無理だとおっしゃいませんでしたか？』

そう聞き返してくるベレッタに対して、私はどのようなアプローチで体を直すのか説明する。

「まず私には、２０００年前の技術はないから当時の方法では直せないわ」

私が改めてその事実を口にすると、明らかにベレッタは落胆したような雰囲気を出す。

「だけど、考えたの。今の時代で無機物を直す他の方法はあるのかって、それで見つけたのが……この子よ」

「テト、なのですか？」

私が指差したのはテトだ。

元々は泥土のゴーレムだったテトだが、アースノイドという魔族――いや第二人類となった。

それは自我崩壊した精霊を取り込み、ステータスによる自己改変が起きて進化した結果だ。

また無機物の再生として一番有名なのが、魔剣だろう。

魔剣に付与された自己修復能力があれば、魔力と時間で元に戻ろうとする。

「だからベレッタには、【自己再生】のスキルを与えて直す。その過程でベレッタが変質して魔族って呼ばれる存在になるかもしれない。これが私が提示する方法よ」

『そうですか。それで、どうやって私にスキルを与えるのですか？』

「それは、これよ」

私が取り出したのは、【創造魔法】で創り出した【自己再生】のスキルオーブである。

【火魔法】などのスキルを創造するよりも遥かに消費魔力が多いレアスキルであるために、大分【魔晶石】の魔力を消費した。

「これをベレッタに使って【自己再生】のスキルを与えるわ。ただ、この方法を使うかどうかはベレッタに選んで欲しいの」

『私が、ですか？　ご主人様が決めるのではなく？』

「ええ、私の予想ってだけでどうなるか分からない。だから、ベレッタが自分の意志で決めて欲しいの。この方法を選ぶか、それとも選ばず、技術が進んだ未来で直してもらうか」

もちろん、その選択の結果、ベレッタを見捨てることはしないと誓う。

『私は、魂のない奉仕人形です。そんな自分が人と同列な存在になるなどあり得ません。ですが――』

ベレッタは、私を真っ直ぐに見つめてくる。

『魂なき体でも、ご主人様に拾われた恩を返すために、私はご主人様の提案した方法を取ろうと思います。このまま不自由な体で目的も果たせぬまま時を過ごすくらいならば、ご主人様の可能性に賭けたいと思います』

「わかった。それと、私たちは、ベレッタに魂がないなんて思わないわ」

「そうなのです。テトも最初は泥のゴーレムだったのです。そんな寂しいことは言わないでほしいのです」

私とテトがそう言い、ベレッタの胸元――ちょうど奉仕人形の核の真上辺りにスキルオーブを押し付けて、ベレッタの体に【自己再生】を付与することができた。

『ご主人様。成功、なのでしょうか？』

「わからないわ。とりあえず、様子を見ましょう」

ベレッタに与えた【自己再生】スキルのレベルが低いために、再生と言っても与えた直後から目に見えて実感できるものではなかった。

ただ――

『ご主人様、私の中で魔力が急激に消費されております。このままではスリープモードに移行します』

「再生に魔力が使われているみたいね。早速、魔力を補充しましょう。――《チャージ》」

『う、うん……んっ⁉』

テトに魔力を送り込むのと同じようにベレッタにも魔力補充をするが、妙に艶めかしい声が出る。

「ベレッタ？」

『……申し訳ありません。大丈夫です』

これもスキルオーブ使用の影響だろうか、と思いながら、その日はベレッタを休ませる。

最初は、目に見えない破損した内部から再生が始まり、金属骨格の上に人工筋肉と皮膚が張られていき、禿げていた頭部に綺麗な藍色の髪が生えてくる。

夏頃には内部と外見の再生が終わり、続いて両腕の再生が始まる。

失った両腕は、一日に1センチ程度しか再生しないために、両腕の再生が完了するのに数ヶ月を必要とし、冬に差し掛かった。

冬が始まる頃には、【創造魔法】で創り出した車椅子をベレッタが二本の腕で操り、家の中を自由に行き来できるようになった。

また、編み物の本と毛糸を膝に載せて、棒針で編み物をするようにもなった。

『ご主人様が寒くなるといけませんからね。毛糸の下着をご用意しましょう』

「それは、ちょっと恥ずかしいけど……うん、もらうわ。ありがとう」

最初の贈り物が毛糸のパンツだったのは、ちょっと恥ずかしかったけど、温かかった。

そして、冬の間にも両足の再生は続き、ベレッタと出会ってから一年以上が経つ春に——

「ベレッタ。２０００年ぶりの地面の感覚はどうかしら？」

「おー、ベレッタ。テトよりちょっと大きいのです。背筋が綺麗なのです！」

この日のために用意した膝下まである長いメイド服に藍色の髪を頭の後ろで纏め、綺麗な姿勢で立つベレッタ。

『……ご主人様、テト様、ありがとうございます。本日より奉仕人形ベレッタは、ご主人様方の生活を支えさせていただきます』

「おめでとう、ベレッタ。改めて、これからもよろしくね」

私は、再生の始まったベレッタを毎日鑑定して、その体に変化がないか調べてきた。

魔族への変異はなく奉仕人形のままではあるが、２０００年前には持たなかったスキルを持ち、行動や言動もただプログラムされた人形ではなく、人間らしさが垣間見える。

現に今のベレッタは、自身の両足で大地に立てることに感動し、形のいい微笑みを浮かべ、晴れ晴れしい雰囲気を発しているのだ。

そんなベレッタが魂の無い人形だ、などと私たちには到底そうは思えなかった。

奉仕人形のベレッタは、いずれ何らかの切っ掛けでテトと同じように魔族になる、そんな予感を覚えるのだった。

12話【Aランク冒険者としての歩み】

奉仕人形のベレッタの肉体を修復することはできたが、一つ問題があった。

奉仕人形の体は、２０００年前の高魔力環境下を前提に作られていた。

空気中に存在する魔力を吸収して長時間稼働し続けられたが、現在の魔力濃度の世界では同じだけ動き続けることができない。

『ご主人様たちにご奉仕したいのに、それを十分にできない自分が不甲斐ない』

今のベレッタは、【世界樹】の植えられた拠点の周辺でしかまともに活動できず、それでも一日6時間ほどは魔力の補充のためにスリープ状態にならなければならない。

「そんなこと無いわよ。ベレッタがいるから安心できるのよ」

「そうなのです！　それに働き過ぎも良くないのです！」

そんなベレッタを宥める私とテトは、【虚無の荒野】の管理をベレッタに任せて、安心して冒険者として活動を再開することができた。

ベレッタの発掘と修理をするまでの一年以上【虚無の荒野】に引き籠もっていたので、久しぶりにガルド獣人国の辺境のヴィルの町に顔を出した。

ヴィルの町の冒険者ギルドのギルドマスターも、叩き上げの元冒険者のお爺ちゃんからギルド職員の男性に交代しているなどの変化があった。

それでも一年の休息を経て、Aランク冒険者としての活動を再開した。

とは言ってもAランク依頼がやってくる事は、滅多にない。

「チセ様、テト様。こちらの依頼をお願いしたいのです」

「えっと、なになに……ああ、内容は了解したわ」

「それじゃあ、すぐに行くのです！」

緊急依頼で辺境の町から出掛けるのが、年に1、2回前後のペースである。

【空飛ぶ絨毯】で短時間で移動した実績から、国内で戦力が足りない地域から応援に呼ばれることがある。

その結果、ガルド獣人国のほぼ全域――主要17都市まで【空飛ぶ絨毯】を使って移動し、転移先を増やすことができた。

「転移先を増やすって意味だと、これはこれで楽しいかな」

「魔女様と一緒なら、どこだって楽しいのです！」

緊急依頼がない時は、辺境の町の筆頭冒険者として、後輩冒険者の指導と成長を見守りつつ、ギルドにポーションや薬草を納品し、残りがちな雑務依頼などを片付けて過ごした。

そして、私が40歳になるまでの間に受けたAランク依頼は――

・Aランク魔物・雷鳥竜の討伐。
・Bランク冒険者が討伐失敗した魔物の討伐。
・ギュントン王子に頼まれ、ガルド獣人国の重鎮戦士の再生治療。
・ガルド獣人国の王都で行なわれたAランク冒険者の昇格試験の監督役。
・南部の地域で起きた大雨による土砂災害の復興と支援。
・ガルド獣人国に現れた指名手配の賞金首の捕縛。
・人を喰らう人狼ルー・ガルーの捜索と討伐。
・ガルド獣人国内で開かれた各国の冒険者ギルドの会談の会場警備。

他にも多数のBランク依頼などを受け、Aランク冒険者としての実績を重ねた。

最初は、【空飛ぶ絨毯】なんて摩訶不思議な物に乗って現れる私とテトに、多くの人は訝しげな目を向けてきた。

獣人国では、少数派の人間であり、更に余り馴染みのない魔法を使う二人組の少女たち。

だが、誰もが難しいと思う緊急依頼を【空飛ぶ絨毯】で颯爽と現れて易々とこなす。

そんな私たちの活躍を吟遊詩人たちが詩にしてガルド獣人国に広めていき、【空飛ぶ絨毯】が私とテトの代名詞となっていく。

その結果、今まで決めていなかった私たちのパーティー名が【空飛ぶ絨毯】となり、ガルド獣人国のどんな都市に現れても、私たちの存在が認知されるほど有名になった。

だが同時に、辛いこと、悲しいことも沢山あった。

私たちが駆け付け、討伐するまでに、天空を飛び交い激しい雷を放つAランク魔物の雷鳥竜が原因で3つの村が壊滅し、推定150人以上の死者が出ていた。

私とテトは、【空飛ぶ絨毯】から落雷によって壊滅させられた村々を目にした。

村の中には、抵抗しようとした人々もいたが、空を飛び、雷を操る雷鳥竜には歯が立たず、ゴミのように殺されていったと村から逃げ出した人たちから聞いた。

「もっと早くに駆け付けられれば……」

「魔女様、仕方がないのです」

むしろ、Aランクの魔物の出現にしては被害は小さい方だった。

最悪、町一つ、1000人以上の人間が死ぬことだってある災害に等しい魔物だ。

それに現実は、物語のように上手くは行かない。

私の向かう先で強大な魔物が現れて、人々に危害を加える前に倒されることはない。

依頼とは、常に何らかの被害が出てから初めて出される物だ。

他の依頼もそうだった。

賞金首の捕縛とハグレ魔族の人狼の討伐は、人か二足歩行の狼という外見的な差はあれど、どちらも人々にとって害悪であり速やかに排除した。

魔族の人狼は、【獣化】した狼系獣人に近い容姿をしているために、受け入れられる地域もある。

だが、魔物からの進化によって誕生したり、自ら人間社会のルールから外れたハグレ魔族は盗賊と同じで、排除しなければ更なる犠牲者が出る。

私たちは、まだ見ぬ犠牲者を出さないためにハグレ魔族を倒したのだ。

魔物討伐を失敗した依頼では、Bランクパーティーの半数が死亡し、残り半数の冒険者も命からがら逃げてきた。

彼らを負かした魔物を倒し、逃げてきた冒険者たちの傷を回復魔法で癒やした。

だが、仲間を失う喪失感と魔物に対する恐怖心までは私も癒やせなかった。

冒険者の依頼の裏には、誰かの苦しみや悲しみが存在するのを理解し、ランクが上がるほどにその規模と悲惨さが大きくなるのが分かった。

だが、そんな依頼の中にも救いはあった。

ガルド獣人国で当代一番の戦士と謳われる人の再生治療を行なった。

民を守るために魔物から進化したハグレ魔族に挑み、辛くも討伐したそうだ。

その代償として、右手と左足を失い、獣人の特徴である耳の片方と尻尾も千切れた痛ましい姿をしていた。

再生魔法は、体の栄養を使って生やしていくので沢山食べさせ、少しずつ手足を再生させる。

そして、元々は筋肉の張った手足だったが、再生する範囲が広く、筋肉もかつての面影がないほど痩せ細った。


「ありがとう、嬢ちゃんたち。これで俺はまた仲間たちを守れる」

痩せ細り、これからリハビリして筋肉を付けて行かなければいけない。

ハグレ魔族を倒す代償とはいえ、片方の手足を失う辛い経験をした。

失った手足を生やしても、完全に元に戻すには辛い生活がまだまだ続くのに、彼の口から出た感謝の言葉に——心の強さと眩しさを感じた。


ガルド獣人国の王都で行なわれたAランク冒険者の昇格試験の監督役に一度だけ招待されたが、そこでイスチェア王国で見た冒険者たちとはまた異なる傾向があることに気付かされる。

獣人国は、獣人やドワーフ、エルフ、竜人などの亜人種が比較的多い国であり、それぞれの種族がそれぞれの特徴を生かした戦い方と技術を持つ。

また、ほぼ最短でAランクまでの道のりを歩んでいたという十代後半の獣人の戦士は、既に【身体剛化】と【獣化】の両方を使いこなし、高いレベルでの剣技を扱っており、まさに天才と呼べる人だった。

騎士の父から正統な剣技を学び、冒険者としての実戦で培われた経験が、私やテトのこれまでの歩み以上に速い成長を遂げさせ――人間の可能性を感じた。

南部で起きた災害では、【マジックバッグ】に救援物資を詰めて駆け付け、町の復興を手伝った。

災害は痛ましい出来事ではあるが、そこから立ち直り、復興する人々の――力強さと未来への希望を感じ取った。

冒険者ギルドのトップであるグランドマスターたちの会合は、各国の持ち回りで開催される。

会合では、国家間を超えての魔物被害やダンジョン対策などが話し合われた。

国家の枠組みを超えた組織とは言え、グランドマスターにも所属する国家の規模に応じた格があり、各国それぞれの思想や意向などを持ち、利害関係や種族的な対立などがあり、互いに相容れないことはある。

それでも組織の理念を達成するための会合が行なわれ、魔物の被害を抑えようと日夜努力していた。

そして、そんな依頼の数々に疲れた私が、テトと共に【虚無の荒野】に帰れば――

『お帰りなさいませ、ご主人様、テト様』

ベレッタが私たちを迎えてくれる。

辛く悲しい光景を見た時などは、絶対に出迎えてくれるその安心感が私の心を癒やしてくれる。

ただ、それだけの小さな幸せをこの10年、感じることがあった。

13話【気付けば、40歳を超えてました】

そんな10年の間に、私がイスチェア国王に託した義娘のセレネが17歳になり、結婚式を迎え、その結婚式を【転移魔法】でこっそりとテトと一緒に見に行ったりもした。

セレネを知らないベレッタには、彼女と過ごした日々の事を話したりもした。

この10年でAランク冒険者としてランクの高い魔物と何度も戦い、日常的に私は【不思議な木の実】を、テトは魔石を食べ続けてきた。

名前：チセ（転生者）
職業：魔女
称号：【開拓村の女神】【Aランク冒険者】【黒聖女】【空飛ぶ絨毯】
Lv90
体力3000／3000

魔力304430／304430
スキル【杖術Lv5】【原初魔法Lv10】【身体剛化Lv2】【調合Lv6】【魔力回復Lv10】【魔力制御Lv10】
【魔力遮断Lv9】……etc
ユニークスキル【創造魔法】【不老】

【テト（アースノイド）】
職業：守護剣士
称号：【魔女の従者】【Aランク冒険者】【空飛ぶ絨毯】
ゴーレム核の魔力150880／150880
スキル【魔剣術Lv2】【土魔法Lv10】【身体剛化Lv5】【怪力Lv6】【魔力回復Lv5】【従属強化Lv7】
【再生Lv6】……etc

その結果、私の魔力量は30万の大台を超え、テトのゴーレムの核も魔力量が15万を超えた。

また、主要なスキルのレベルが全体的に上がり、テトの【剣術】は上位スキルの【魔剣術】に変化した。

他にもステータスの表には出ていないが、細々としたスキルを手に入れたり、実りのある日々を過ごしていた。

そして、Aランク冒険者として活動した一方、【虚無の荒野】でも少しずつ変化が生まれていた。

『ご主人様、テト様、お昼ご飯ができています』

「ベレッタ、ありがとう。いつも助かるわ」

「ありがとうなのです！」

冒険者として【虚無の荒野】を不在にすることがあり、その間ベレッタとテトの作り出したクマゴーレムたちが拠点を管理してくれている。

そんなベレッタの用意してくれた昼食を食べるために席に着く私とテトだが、ベレッタだけは、傍に控えるように立っている。

「はぁ、ベレッタも一緒に座って食べましょう」

「そうなのです！　食事はみんなで一緒に食べると美味しいのです！」

私とテトが一緒に食事をと誘うが、ベレッタは淡々と答える。

『魔導具である奉仕人形には、料理などの味を検知するための味覚機能が備わっておりますが本来、食事を必要としません』

そう言い訳をするベレッタに私は、苦笑いを浮かべる。

「食事は、心の栄養よ。それに一緒に食べながら今日あったことを話してくれる？」

『それは、命令でしょうか？』

「命令じゃなくてお願いよ」

私がそう言うとベレッタは、思案するように沈黙し、そして最後には畏《かしこ》まりました、と言って、以来私たちと一緒に食卓を囲むようになった。

それからしばらくして――

『ご主人様、家の中を整理していたら、このような物を見つけました』

拠点の家の大掃除をした時、ベレッタが大きな紙束を抱えて持ってくる。

「あー、それね。前に、ここより広い家を建てようとして建築家にお願いした設計図ね」

『私も拝見しましたが、これは広い家と言うより、屋敷ではないでしょうか？』

「そうなのです！　魔女様とテトだけだと広すぎるから、建てなかったのです！」

『なるほど、理解しました』

ベレッタは、頷きながら少しの間、屋敷の設計図を見つめ、しっかりと私に目を向けてくる。

『ご主人様にご提案があります。この規模の屋敷ならば、私と同じ奉仕人形が20体も居れば問題無く管理できると思います』

ベレッタからの提案に驚くも、その話に興味が湧いた。

「そう、話を続けてくれる？」

『はい。現在も手狭ではありませんが、複数の【転移門】の設置、土地の管理用魔導具によるシステムの再構築を考えた場合、屋敷を建てた方が良いと愚考します』

確かに、ベレッタの意見はもっともだ。

そう提案してくれる真剣なベレッタを楽しく見つめ、答える。

「わかったわ。創りましょうか、新しい屋敷とベレッタの同僚を」

『いえ、ご主人様……そういうつもりで提案したのではないのですが……』

私とテトは、ベレッタがいるから帰ってきた時、安心することができる。

だが、冒険者として不在の時、私たちを待っているベレッタはどう過ごしているのか。

テトの作り出したクマゴーレムたちは居るが、それでもベレッタと同じ奉仕人形たちが居た方がいいと思う。

「それじゃあ、いくわよ。――《クリエイション》！」

ベレッタの提案を受けて、早速屋敷の予定地に【創造魔法】で屋敷とベレッタと同じ奉仕人形を20体創り出す。

また新たに創り出した奉仕人形たちには、一体ずつ【自己再生】のスキルオーブを付与していく。

「ベレッタ、よかったのですね！　これで寂しくないのです！」

『テト様……ありがとうございます』

困惑しつつもベレッタは、ほんの少し嬉しそうな雰囲気を漂わせる。

早速ベレッタは、新たに生まれた20体の奉仕人形たちを引き連れ、屋敷の管理と【虚無の荒野】の魔導具による管理システムの再構築を始めた。

「新しい奉仕人形たちは、経験が浅いからまだ無機質な感じよね」

ベレッタのように２０００年の時を現存する個体ではなく、【創造魔法】で生み出されたばかりの奉仕人形なので、ベレッタほどの感情の片鱗は見せない。

今はまだ、ただの奉仕人形だが、いずれ彼女たちも経験を積み、ベレッタと同じようになるか、更にその先の進化をすることを期待している。

そこから更に数年が過ぎ、気付けば私は、40歳になっていた。

世間では、立派なおばさんと言える年代だろうが、不老の私とテト、ベレッタたちの容姿が変わらないためにあまり実感がなく、のんびり過ごしている。

そして、引き籠もる冬の季節の中、【夢見の神託】では、久しぶりにラリエルだけが現れた。

…………

……

…

『なぁ、チセ。あの奉仕人形も修理できたし、そろそろ、あたしの管理領域の問題解決を手伝って欲しいんだ！』

「あー、そう言えば前にも言っていたわね」

10年ほど前に言われていたが、年に一度のガルド獣人国での緊急依頼や【虚無の荒野】の再生、なにより、ベレッタや奉仕人形たちとの生活が楽しくてすっかり忘れていた。

『チセ。微妙に長命種族的なのんびりとした性格になってないか？』

「あー、それはちょっと怖いわね。この前とか言って、100年前の事を言いそう……」

けど、不老になったのなら、いつか来る未来なんだろうか……

そう考えると、もう少しメリハリのある生活を頑張ろうと思う。

「そうね。そろそろラリエルの依頼を受けないとね」

『チセ、ありがとう！　それじゃあ、問題の場所の知識を送り込むな！』

私の頭に触れたラリエルから詰め込まれた場所の知識は、このガルド獣人国ではなく更に東――ローバイル王国のものだった。

「ローバイル王国がラリエルの管理領域？　それに依頼の内容は、地脈の噴出地点の封鎖？」

『その通りだ。あたしは、太陽神だからな！　太陽が昇る方角にあるのは当然だよな！』

そう言って胸を張るラリエルに、そう言うものかと首を傾げつつとりあえず納得する。


…………

……

…

そうして目を覚ました私は、女神・ラリエルとの約束を果たすために、春に旅を再開することをテトとベレッタに伝える。

特に、私と女神たちとの関係をベレッタには、詳しく教えた。

『ご主人様、行ってしまわれるのですか』

「まぁ、今の世界の環境だとベレッタは、連れて行くのは難しいからね」

「お土産を買ってくるのですよ～」

私とテトがそう言うがベレッタは、驚いたように呟く。

『それにしても、ラリエル神様方のご神託ですか……２０００年前と変わらず信仰されて神格を維持されていらっしゃるのですね』

「うん？　その口ぶりだと、ベレッタもラリエルたちを知ってるの？」

『一応、知識だけですが……創造神に生み出された大神には変わりありません』

ベレッタが口にする女神たちは、それぞれの権能を司り、昔と変わらずこの大陸を管理していたようだ。


――太陽神のラリエル。

――地母神のリリエル。

――海母神のルリエル。

――天空神のレリエル。

――冥府神のロリエル。


創造神より生み出された五人の女神がこの大陸を管理し、導いているのだ。

「ベレッタを修理するヒントをくれたのも、ラリエルとリリエルの神託のお陰なのよ」

『そうだったのですか……そして、女神様方と交信するとは、流石《さすが》ご主人様です』

「テトもいつか女神様たちに会ってみたいのです」

テトは女神との邂逅《かいこう》を羨ましがり、ベレッタは話を聞き終えて、何かを堪えるように顔を俯かせている。

『ご主人様、私も同行させて頂くことはできないのでしょうか？』

「……………ベレッタも？」

俯いていたベレッタが顔を上げる。

ベレッタの表情はあまり変わらないが、共に行きたいという雰囲気を感じさせる。

ベレッタたち奉仕人形は、自力での魔力回復が出来ないために、世界樹の近辺のような魔力濃度の濃い場所でしか長時間活動できない。

魔力濃度の低い外界での一日の稼働時間は、精々4時間ほどだろう。

だが、そんなベレッタの瞳には、強い決意のようなものを感じた。

「どうしても私たちの旅に同行したいの？」

『はい。以前、ご主人様が持ち帰って下さったお土産の名店のケーキを頂きました』

「あれは美味しかったのですね〜」

テトが思い出して涎を啜る中、ベレッタが力強く力説する。

『あの程度のケーキが高級品だったことに私は驚きました』

「あー、まぁ砂糖は、貴重品だからね。それにあれは調理技術を楽しむ物だから……」

【虚無の荒野】では、私の【創造魔法】で創り上げた上白糖を沢山使えるが、通常のお店ではそこまでの砂糖は使えないのだ。

『そこなのですよ――』

「ん、なにが？」

『ご主人様が持ち帰って下さった食材の中には、私の記録にない物や調理方法が予測できない物が多数あり、それらは素晴らしいものでした。しかし、現在の私では再現や最適な調理をすることが不可能な物があります』

珍しい食材や料理などを持ち帰るのだが、その中にはベレッタも扱えずに困る物があったりしたのだ。

『なので私は、外の世界の常識を更新すると共に、新たな料理を開拓するためにご主人様の旅に同行する必要性を強く感じたのです』

そう力説するベレッタは、つまり扱えない食材などがあって悔しいのかもしれない。

『魔力の補充でご主人様のお手を煩わせると思いますが、【魔晶石】による外部魔力貯蔵装置さえあれば、長時間の稼働はできるはずです』

ベレッタの話を聞いて無言で思案していた私に対して、一息に旅の同行に対する熱意を伝えてくる。

そんなベレッタの自発的な行動に私は、驚きつつも嬉しく思う。

「いいわ。一緒に行きましょう。ベレッタの魔力補充が手間だなんて思わないわよ。むしろ、何かを願ってくれた方が嬉しいわ」

ベレッタは、どこか自分は奉仕人形、自分は私たちの使用人という立ち振る舞いをしていた。

だが、こうして私たちと旅をすることを求めた。

そうしたいと思う感情を口にしてくれたことが、何よりも嬉しく思う。

「きっと、二人より三人の方が楽しいのです！」

『テト様、急に抱きつくとビックリしてしまいます』

ベレッタも一緒に旅ができることにテトが嬉しさの余り抱きつき、ベレッタは驚く。

それに今なら私たちの留守の間、ベレッタの部下である奉仕人形たちに【虚無の荒野】の屋敷の管理を任せることもできるのだった。

14話【ベレッタの初めての外出】

春、ベレッタを同行させるための準備を整えた私たちは、出発の日を迎える。

『私は、ご主人様の旅に同行します。その間、留守を任せます』

『『『お任せ下さい、メイド長。そして、ご主人様が女神の神託によって下された使命を無事に終えて、帰ってくることをお待ちしております』』』

私たちの旅立ちに合わせて、屋敷の奉仕人形たちが全員集まり、見送りに来てくれた。

そして、ベレッタが奉仕人形たちに言葉を掛けると、全員が一糸乱れぬ返事をする。

「大袈裟ね。私には転移魔法も【転移門】もあるから、いつでも帰ってこられるわよ」

「いつもみたいに、ちょくちょく帰ってくるのです！」

そうして私たちは、【空飛ぶ絨毯】にテトとベレッタを乗せて、【虚無の荒野】を旅立つ。

最初に向かう場所は、【虚無の荒野】の拠点から一番近い獣人国のヴィルの町だ。

定期的に町に訪れ、薬草やポーションの納品、依頼の確認などを行なっている。

まぁ、他の冒険者の仕事を奪わないために、ランク相応の依頼か溜まりがちな雑務依頼だけを受けているので、むしろ冒険者としての実活動時間は少ない。

半ば、【虚無の荒野】の再生のついでに、早期に余生を楽しむ半引退生活を送っている私たちは、それでも20年以上もこの町で活動し続ける上位冒険者として、町の冒険者ギルドに挨拶しなければならない。

「いらっしゃいませ。本日は、どのようなご用件でしょうか?」

迎えてくれた見覚えのない若い受付嬢に、ここ最近来た新人だろうか、と思ってしまう。

「ベレッタは待っててね。私はこの町で活動している冒険者のチセよ。諸事情によって、相棒のテトと一緒に東のローバイル王国に行くことになったから、その挨拶に来たの」

「えっと、チセ様? テト様⁉ ギ、ギルドカードの提示をお願いします!」

慌てた受付嬢にギルドカードを渡すと、Aランクの文字と【空飛ぶ絨毯】のパーティー名を見て、ひぇっと短い悲鳴を上げる。

ガルド獣人国の各地の緊急依頼を受け、吟遊詩人にも語られているので、偉人扱いである。

「しょ、少々お待ち下さい!」

そう言って、ギルドの奥の上司のもとに駆け寄っていってしまう。

『ご主人様は、有名人なのですね』

「はぁ、行く先々でこんな反応をされるのかしら?」

こっそりと小声で聞いてくるので、私もベレッタに言葉を返す。

「仕方がないのです。ユーメーゼイってやつなのです！」

テトは何故か誇らしげに答えるが、私としては、嬉しくないわと思ってしまう。

スキルと魔法があるこの世界では、時に個人の力だけで戦況を覆すことがある。

その中でAランク冒険者は、まさに国家級の戦力なのだ。

だが、ぶっちゃけAランク冒険者になると仕事がないのだ。

Aランク規模の事件は、私たちが呼び出された緊急依頼のような物が一つのギルドで年に1度か2度あるかないかである。

そのためにAランク依頼がない間は、Bランクの依頼を受けるか、割のいい場所としてダンジョン都市に活動拠点を移すか、人々が手を出さない魔物の領域——魔境に自発的に挑むようになる。

そして、体の衰えを感じるようになったら——

——半引退してギルドマスターになるか。

——後進育成のためにギルドの教官になるか。

——国に叙爵されて、貴族の一員になるか。

——国家に雇われて騎士や軍人になるか。

——冒険者として稼いだ元手で商売を起こすか。

――それとも土地を買って田舎に引っ込むかである。

大体は、この将来を選択するようになる。

そういう意味では私とテトは、半引退状態で他の冒険者の依頼を奪わず、更に20年以上も全盛期を維持し続けている希有な存在である。

また【空飛ぶ絨毯】という移動力のある魔導具を持つ便利な冒険者が、拠点の移動を認められることはそうそうないだろう。

「チセ様、テト様！　ギルドマスターが呼んでいます⁉」

「わかったわ。ベレッタは、ここで待っててね」

『畏《かしこ》まりました、ご主人様』

戻ってきた新人受付嬢は、私たちをギルドマスターの部屋まで案内してくれる。

「チセさん、テトさん。この国から出て行くって聞いたけど、理由を聞いても？　もしかしてガルド獣人国が嫌になったとか？」

待ち構えていた今代のギルドマスターが、私たちに尋ねてくる。

セレネと一緒にギルドに通っていた頃の先代ギルドマスターは、年齢を理由に辞めて、元ギルド職員である彼が後任のギルドマスターを引き受けた。

彼が今代のギルドマスターを引き受けて、かれこれ10年近くになる。

十数年前のギルド職員時代、セレネの本当の親に会うためにイスチェア王国まで行っていた時は色々と心配されたが、向こうでAランクになって帰ってきた時は喜んでくれた。

実績から言えば私とテトにもギルドマスター就任の打診があったが、それは謹んで断ったために、彼がギルドマスターになったのは余談である。

「ガルド獣人国は、嫌いじゃないわ。みんな気が良くて優しいから好きよ。でも理由……ローバイル王国は、海に面しているでしょ？　海産物が食べたくなったのよ」

「はぁ？　海産物ですか？」

イスチェア王国もガルド獣人国も内陸の国家である。

そのために、海産物が食べたくなった……と言うのは表向きの理由だ。

「そんな理由でですか？　あっちの国の未攻略ダンジョンの挑戦とか魔物の領域開拓とか、そうした理由じゃなくて？」

「いえ、ただ海産物が食べたいだけよ」

「美味しいお魚とか、エビとかカニとか食べたいのです！」

【創造魔法】で海産物を創り出して時折食べているが、やっぱり自分のイメージ上から創り出した物よりも地の物が食べたいと思ってしまう。

「そんな娯楽……って娯楽できる立場でしたね」

「ええ、お陰様でここ十数年貯めたお金があるからね」

イスチェア王国での大悪魔封印で得た、使いづらい真銀貨などの大金がある。

その他にもこの十数年間、コンスタントな冒険者活動を続けたから、ポーションや薬草類の納品、緊急依頼の報酬などで私とテトのギルドカードには、お金が貯まる一方だ。

むしろ、最近では下手な貴族よりもお金を持っているために、どこからか嗅ぎつけた商人や貴族が、私とテトを妻や愛人にしてその資産を得ようと画策しているらしい。

【虚無の荒野】に引き籠もっているので私たちに対しての実害はないし、実力行使なども不可能なほど私たちは強い。

たまに馬鹿な人たちが居るので、無力化した後で衛兵に突き出している。

まぁ、それでも鬱陶しくはあるのだけれど……

「最近は、有名になりすぎて、変な人から求婚されたりしているからそれから逃げるって理由もあるけどね」

「魔女様は、絶対に誰にも渡さないのです！」

そう言って、私を横から抱き締めるテトだが、私もテトを誰かの嫁に出すつもりはないし、私も嫁になる気はない。

「あー、まぁ、わかった。わかりました。本音を言えば、二人には行って欲しくないけど、今まで結構働いてくれましたからねぇ」

ギルド職員からギルドマスターになった彼は、昔ここで働いていたセレネのことを目に掛けてくれ

た優しい人だ。

その後、ギルドマスターの役目を継いだ彼は、何かと苦労する立場にいる。

私たちが新ギルドマスターの悩みの種となる依頼を受けたり、空いた時間にテトが他の冒険者に訓練を付けて鍛えたりしたので、この町の冒険者の質は非常に高い。

そうした私たちの積み重ねに恩を感じているようだ。

「一ついいですか？　チセさんたちは、余所《よそ》の国に行ってもギルドの依頼は受けてくれますか？」

「ええ、気が向いたらね」

私たちがなんでもないように言うと、ギルドマスターは、ふっと苦笑を浮かべる。

「チセさんは、気が向いたらと言ってここ十数年間に選ぶ依頼は、だいたいが義侠心で選んでいますよね」

「魔女様、バレてるのです～」

「…………違うわよ」

テトに微笑まれ、ギルドマスターに指摘されて私は視線を逸らす。

ただ私とテトが町に薬草やポーションを納品した後でギルドの依頼掲示板に辿り着いた時、残っている依頼は他の冒険者にとって厄介だったり、報酬が少なく割に合わない依頼だった。

それを消化していただけのことである。

「二人がそうした不人気依頼を消化してくれるから、このギルドは依頼の消化率が高いんです。感謝していますよ。そして、どこのギルドに行ってもそれをやってくれるなら、私たちだけじゃなくて冒険者ギルド全体としての利益になりますからね」

「一応、感謝は受け取って置くわ。それじゃあ、もう私たちは行くわね」

そう言って、ギルドマスターに見送られてギルドのホールに戻る。

そして、そこで待っていたベレッタは、表情を変えずに周囲を物珍しそうに見ていた。

「ベレッタ。何か面白いものでもあった？」

『いえ、初めてこうした町に出ましたが、２０００年の変化を改めて思い知りました』

昔はかなり発展していた古代魔法文明も衰退し、中世レベルまで落ち込んでいるのを目の当たりにしたのだ。

ベレッタが、色々感じ入るのも無理は無いのかもしれない。

「それじゃあ、行きましょうか」

私たちは、20年以上通っていたこの町を出る。

町の門から出た私たちは、【空飛ぶ絨毯】を広げて、その上に乗り、街道沿いにローバイル王国を目指す。

15話【盗賊退治】

私とテトとベレッタを乗せた【空飛ぶ絨毯】は、街道の傍を飛んでいく。

私が【空飛ぶ絨毯】を操作し、テトが風を受けて気持ち良さそうに目を細め、ベレッタは今のこの世界の景色を眺めている。

「ベレッタ、どうかしら？【虚無の荒野】の外の世界は？」

『魔力濃度が低いですね。これでは、長期的な活動は難しいと推察します』

「そうじゃないのです！魔女様は、景色のことを聞いているのです！」

ベレッタの的外れな答えに対して、テトが少し頬を膨らませながら言うので、ベレッタは、少しだけ思案しながら答えてくれる。

『……まだ荒れ地が多く広がっている【虚無の荒野】に比べて、植生が豊かだと思います。いずれ、このような美しい光景をあの地にも作り上げたいと思います』

ベレッタの言葉に私は微笑みを浮かべ、テトは満足げに頷く。

ベレッタは、そのまま景色を眺め続けていたが、ふと何かを思ったのか訊いてくる。

『そう言えばご主人様は、女神様からどういった依頼を受けたのでしょうか？　領域の問題解決とは、何をなさるのですか？』

唐突に訊かれた内容に、そう言えば詳しく話していなかったかぁ、と視線を彷徨《さまよ》わせる。

「ラリエルからの依頼の詳細なんだけど、地脈の噴出地点の封鎖をお願いしたいんだって」

ラリエルから送られた知識によると、そうらしい。

『地脈の噴出地点の封鎖、ですか？』

ベレッタは怪訝そうにするが、乱れた地脈の噴出地点に魔物の巣が作られた場合、その魔物たちが地脈から吹き出す高濃度の魔力に晒されて活性化することがあるのだ。

放置していると、活性化した魔物が繁殖して溢れ出して、スタンピードという形で魔力災害が引き起こされてしまう。

「そうした理由から女神・ラリエルに、地脈の噴出地点の封鎖と魔物の巣の駆除をお願いされたのよ」

問題としては何十年も前から存在しており、今の今まで放置されていたのだから、火急の頼みでもないらしい。

「魔物が沢山生まれる場所は、魔石も手に入るのです！」

そう言って、じゅるりと垂れそうになる涎を啜るテト。

「まぁ、その魔力の噴出を収める仕事が終わったら、ローバイル王国の海の幸でも楽しみに行きましょう」

「はーい、なのです！」

『畏《かしこ》まりました』

そうして【空飛ぶ絨毯】で獣人国の辺境から東の国境を目指す。

転移魔法で東の国境近くまで飛んでもいいが、急ぐ旅でもないのだ。

ちょっと寄り道することで、見つかるものがあるかもしれない。

それは、良い物も。そして悪い物も含めて――

「魔女様ー、あそこに盗賊の根城があるみたいなのです」

「ちょっと待って。私も魔法で確認するわ」

テトからの報告を受けて、【空飛ぶ絨毯】から地面を見下ろせば、街道から外れた人の痕跡を見つけた。

その痕跡を魔法で辿っていくと、街道から離れた崖に洞窟を発見する。

更に魔法で洞窟内に【生命探知】を行なえば、30人規模の盗賊の根城になっており、捕らえられている人間も数人確認できた。

「見つけたからには、潰しておきましょう。ベレッタは、どうする？」

『私は、ご主人様の邪魔にならないように後方で待機しております』

盗賊退治について相談する間に洞窟前まで辿り着いた私は、【空飛ぶ絨毯】から降りる。

「――《スリープ》」

闇魔法の中には、状態異常を誘発する魔法があり、その中でも眠気を誘発する睡眠魔法を洞窟内に向けて放つ。

膨大な魔力で魔法を発動させれば、盗賊の根城にいる人間全員を強制的に眠らせることができる。

私とテトが洞窟内に入り、中にいる人間を一人ずつ鑑定して、盗賊かそうでないかを判別していく。

盗賊だと判明した人間は、テトが手枷のように固めた金属で拘束し、更に土魔法で牢屋を作り出して、その中に盗賊たちを放り込んでいく。

「人間の割合が多いわね。それにこいつが親玉ね。元Cランク冒険者って称号があるわ」

「魔女様、人間の割合が多いのは何か問題なのですか？」

「ここは、獣人国よ。人口比率的に考えて、盗賊になるのは獣人が多いはずよ」

いびきを掻く盗賊の親玉を《サイコキネシス》で持ち上げて、拘束した後でテトの作った檻にぶち込む。

「魔女様、捕まっていた人たちを見つけたのです！」

また、盗賊の根城にある物資を根こそぎ奪う中、捕まっていた人たちの部屋も見つけた。

攫われた人たちは、人間や獣人の女性たちが中心で、彼女たちの体には所々に殴られた痣や擦り傷があり、現在は私の睡眠魔法で眠っていた。

「酷いわね。とりあえず、清潔化と治療しないと――《エリアヒール》《クリーン》」

眠っている彼女たちに、回復と清潔化の魔法を掛けて癒やしていく。

「この首に掛かっているのは、奴隷の首輪ね」

「昔、よく見たのです！」

もう10年以上前にギュントン王子に依頼された裏組織の壊滅の依頼で、同じ物をよく目にした。

ガルド獣人国では犯罪奴隷しか認めず、国家と国家が認めた奴隷商しか奴隷の首輪は扱えない。

また全ての奴隷の首輪には、国家認定の刻印がされており、それがない物は違法奴隷となる。

事実、鑑定魔法で調べたところ、ここに捕らえられていた女性たちは全員が違法奴隷のようだ。

「良かった。助けられて……」

「魔女様、今の内に運び出すのです！」

全員の傷や怪我を治して身を綺麗にし、念動力の魔法で捕まった人たちを外に運ぶ。

そして、洞窟の前で待っていたベレッタと合流すれば――

『ご主人様、お帰りなさいませ。少々魔力を消費しましたが、洞窟の入口は死守いたしました』

洞窟の前では、武装した小汚い男たちが気絶して倒れている。

どうやら、出払っていた盗賊たちの残りがちょうど戻ってきて、ベレッタと鉢合わせしたようだ。

「ベレッタ、戦えたの？」

『はい。事前にご主人様が発見したA型とC型の奉仕人形の核の魔石を取り込んだお陰で、撃退することができました』

奉仕人形は、互いにある程度互換性があるらしい。

ベレッタと同じ奉仕人形には、戦闘用のA型と日常生活の補助のB型、性処理用のC型がそれぞれ存在した。

私が【虚無の荒野】の遺跡から発掘した壊れた奉仕人形の核の魔石をテトと同じように同化・吸収することで、他の核の情報や性能を引き継ぐことができたのだそうだ。

その結果、A型の戦闘技術を獲得し、C型が持っていた女性器を模した器官が【自己再生】スキルによって体内に生成されたらしい。

そう淡々と説明を受ける間に、ベレッタにも協力してもらい、眠っている女性たちを介抱していると、檻に入れた盗賊が目を覚ましたようだ。

「おい、テメェ！　俺様たち【黄牙団】に手出ししてタダで済むと思ってるのか！」

一人が目を覚ますと、次々に盗賊たちが目を覚まし、洞窟の入口に作った檻の中で騒ぎ始める。

「さて、彼女たちを町まで運ぶから、テトは人を運ぶための乗り物を作ってくれる？　ベレッタは、彼女たちの面倒見てちょうだい」

「はいなのです！」

『畏まりました、ご主人様』

「おい、俺様たちを無視するな！」

テトは、人を大量運搬するための荷馬車を土魔法で作り出し、ベレッタがその中に攫われた女性たちを寝かせていく。

その間に騒ぐ盗賊たちに苛立ちながら、根城にしていた洞窟の方を向く。

「自然破壊は、あんまり好きじゃないけど――《グラビティ》！」

杖を掲げ、被害が広がらないように結界で盗賊の根城だった洞窟を囲い魔法を放つ。

生まれるのは、重力場だ。

崖全体を上から押し潰すような力が掛かり、洞窟の入口が罅割《ひびわ》れて、パラパラと細かな石が落ちていく。

そして、加重に耐えられなくなり、洞窟自体が崩壊し、縦に潰れていく。

更に――

「あっ……上空は、結界を張るのを忘れていたわ」

魔法の範囲の上空を偶然鳥が通過すると、加重の圧力で地面に叩き付けられ、血の染みを作る。

それが、盗賊たちの末路の一つだと想像させることができたようだ。

「さて、盗賊みたいな外道に容赦する気はないわ。ちょうど、あなたたちをあの鳥みたいにすることができるしね」

「……こ、殺さないでくれ」

私が魔力を放出して威圧すれば、耐えられない盗賊から白目を剥いて口から泡を吹いて気絶し、盗賊の親玉も歯の根をガチガチと震わせて怯えながら命乞いをする。

「それじゃあ、黙りなさい。もし私たちを不快にさせたら、分かっているわよね」

スッと放出する魔力の威圧を止めて、その一言だけ呟き、テトとベレッタのところに行く。

「魔女様、それでどうするのですか？」

「とりあえず、近くの町まで運びましょう。運ぶ方法は――」

まぁ、魔力は十分にあるし、荷馬車と盗賊を捕まえた檻を闇魔法の《サイコキネシス》で牽引して運べばいいかと考える。

それに眠ったままの女性たちが今目覚めたら、きっと色々と混乱するだろう。

「もうしばらく寝ててね。――《スリープ》」

彼女たちの頭を優しく一撫でして、眠りの魔法を重ね掛けする。

眠っている間に、盗賊に囚われた悪夢は終わる。

次に目覚めた時は、安全な居場所よ、と囁くように呟き、近くの町まで運んでいく。

その際、私とテトとベレッタは、捕まった女性たちを乗せた荷馬車と盗賊を捕らえた檻を連ねて空を飛ぶ。

町に辿り着く時は、奇異の視線に晒され、新手の魔物かと思った衛兵や冒険者たちが町から飛び出してくるのだった。

16話【Aランク冒険者の威光】

私たちは、町から飛び出してきた衛兵や冒険者たちに刺激を与えないように、町の手前で浮かせていた荷馬車と檻を地面に降ろす。

「何者だ！　答えろ！」

「私は、Aランク冒険者【空飛ぶ絨毯】のチセ。街道沿いを移動中に盗賊の根城を発見して、捕まっていた人たちを救出したわ。後ろの檻に居るのは、【黄牙団】と名乗る盗賊よ」

『あの【空飛ぶ絨毯】!?　それに【黄牙団】だと!?』

集まった人たちの間で声が上がる。

その声には、吟遊詩人にも語られるAランク冒険者、【空飛ぶ絨毯】を名乗る二人組の女冒険者が思ったよりも若い……と言うより幼いことに驚いている響きと、捕らえた盗賊団がこの地域では有名な相手だったことが聞き取れる。

『ご主人様とテト様の知名度は、素晴らしいですね。仕える身として誇らしいです』

「まぁ、そうみたいね」

「魔女様、耳が真っ赤なのです。照れてるのです！」

【虚無の荒野】という閉ざされた環境に居たために、ベレッタには知られていなかったが、こうして私たちの外部の評価を聞かれると少し恥ずかしくなる。

私たちがそうこう話している間に、衛兵や冒険者の獣人たちは、檻の中にいる盗賊たちに向けて怒気を発している。

そして、衛兵の責任者が私たちの前にやってきた。

「お久しぶりです！　チセ殿、テト殿！」

「あなたは……」

「はっ！　カーター連隊に所属していた者です。現在は、ローバイル王国から流れてくる盗賊たちを捕らえるために、村々の巡回部隊の隊長を務めております！」

自分は、まだ当時新兵でしたが、お二人の活躍を今も鮮明に覚えています！　とこちらをキラキラと輝くような目で見つめてくる。

「そ、そう……それじゃあ、一応、私たちの身元を証明するギルドカードの確認と盗賊の後処理をお願いね」

「畏《かしこ》まりました！　ギルドカードを丁重に確認させて頂きます。それと盗賊の方は、町の牢屋に移送します！」

大勢の冒険者たちに囲まれ、両手首を鉄の塊で拘束された盗賊たちは、巡回部隊の隊長さんの指示で連れて行かれる。

「チセ殿と、テト殿。そちらの女性は?」

そして、町の前でギルドカードを提示して私とテトの身分は証明したが、ベレッタだけは身分証はない。

『ご主人様にお仕えするメイドのベレッタと申します』

「彼女は、私たちの仲間よ」

「なるほど、チセ殿たちの関係者ですか! それでは、こちらに!」

特にベレッタのチェックなしで町の門を通り抜けられたのは、流石《さすが》Aランク冒険者の威光だろうか、と思ってしまう。

そして私たちは、衛兵の詰所に案内された。

「チセ殿たちは、何か【黄牙団】に関する物は持ってきていませんか?」

「一応、根城にあった物を片っ端からマジックバッグに入れて持ってきたわ。ただ、根城の洞窟は、他の盗賊に住み着かれると困るから崩してきたわ」

「後始末も感謝します。後日、こちらからも調査隊を送ります」

大まかな場所を伝えると後日、町の巡回部隊が調査に向かうようだ。

それと、まだまだやることがある。

「すみませんが、盗賊の所持品の確認をさせてもらえませんか？」

「わかったわ。結構、量が多いけど、ここに出せばいいの？」

「お願いします」

マジックバッグから盗賊の根城にあった物を取り出していく。

その間に他の者たちは、捕まった女性たちを休ませるための人員と場所の手配をしてくれる。

そして、取り出した盗賊の所持品の確認をしている間に、盗賊【黄牙団】について隊長さんから詳しく聞いていく。

「この地域はローバイル王国の国境に近く、最近はローバイルの方から多数の盗賊が流れて来ているんです」

「なるほど、やっぱりお隣の国の盗賊なのね。道理で人間が多いわけだ」

私が覚えた違和感には、きちんと理由があることを知り、納得する。

「特に【黄牙団】は、隣国でも話題の盗賊団で、盗賊の親玉がそこそこ腕のある元冒険者。仲間にも魔法使いが居て厄介でした」

「なるほど、魔法の力で洞窟を作って根城にしていたのね」

「それと、チセ殿たちが潰した裏組織の残党という話もあり、彼らを捕らえるために我々が来たのも理由の一つです」

「やっぱり……」

10年以上前に、私とテトが依頼を受けて壊滅に追いやった裏組織と繋がりのある盗賊団だったようだ。

ガルド獣人国内の支部は、徹底的に潰したと思ったのに、甘かったかと内心歯噛みする。

それともローバイル国内の裏組織の残党がまだ残っており、組織を再建させて、再びガルド獣人国に手を伸ばしたのかもしれない。

まぁ、国も対応のノウハウを得ているので、この件は国に任せるとしよう。

「よし、報告書は完了しました。それと盗賊の盗品はどうしますか？　所有者が返還を求めた場合は、チセ殿方から買い戻しになりますので、それまで町に滞在しますか？」

「これからローバイル王国に向かう途中だから時間を掛けたくないし、ギルドに買い取ってもらうわ」

「では、私もギルドに同行します」

盗賊討伐の報酬なども貰えるだろうし、盗品の所有者返還や襲撃された人の遺品の返却などは、ギルドに任せた方が面倒がない。

それに見たところ、私が欲しいと思うものはなかった。

お金は所有者が不明なのでそのまま貰い、買い取ってもらった盗品の売却額の半分は、被害女性の社会復帰の支援金として、ギルド立ち会いの許で隊長さんに預ける予定だ。

僅かばかりでも立ち直るための支えになれば、という偽善である。

ギルドに辿り着いた私たちは、盗賊の持っていた盗品を適当にギルドに売り払い、盗賊討伐の報酬を受け取る。

被害者女性の支援金を差し引いた報酬は、大金貨３枚ほどのお金になったので、私とテトとベレッタの三人で山分けするが——

『これは、ご主人様とテト様の物です。私は受け取れません』

「ベレッタだって頑張ったんだから、受け取りなさい」

『いえ、受け取れません』

私とベレッタの山分けした報酬の押し付け合いに、テトが私たちの顔を交互に見つめる。

そして、あまりにもベレッタが受け取らないので私が折れることにした。

「分かったわ。とりあえず、預かっておくわ」

そして、受け取ったお金の半分をギルドカードに預け、残り半分を銀貨や大銅貨に崩してもらう。

「改めて、チセ殿たちに盗賊の討伐に感謝します！」

隊長さんに盗賊討伐の件で感謝された私たちは、そのまま町で宿を取って、翌日には改めてローバイル王国に向かった。

ローバイル王国の国境線の砦《とりで》では、不法入国がないか兵士たちが見張っているが、特に問題無く通ることができた。

その時に、兵士にローバイル王国側の話を尋ねる。

「最近のローバイル王国の様子ってどうかしら？」

「そうだなぁ。魔物被害がぼちぼちあるな。それに国内も少し不作気味で、食い詰めた農民が盗賊になることもある」

その結果、ガルド獣人国に多くの盗賊たちが流れてきたのだろう。

「その盗賊って魔法使いもいるの？　崖に横穴掘って洞窟にできる魔法使い」

「そんな技術があったら、普通に魔法だけで暮らしていけるだろ」

「ガルド獣人国の方では【黄牙団】って名乗る盗賊なんだけど」

「ああ、あの盗賊団か。あいつらは、元は冒険者だが、犯罪を犯して追われる立場になったんだ。それからは、盗賊に落ちて同じような奴らや食い詰めた農民を集めて盗賊団になったようだ」

魔物被害や不作によって農民が盗賊に落ちるのは、なんとも切ない話だ。

だが、盗賊行為は許されないだろう。

それにそんな農民たちを利用して盗賊行為を組織的に行なう元冒険者の盗賊たちには、同じ冒険者として情けない思いがある。

更に、そんな盗賊たちと取引して、攫ってきた人たちを奴隷としようとする裏組織もある。

だが、どこにでもありふれたこの世の不幸なのかもしれない。

「色々教えてくれてありがとう。それじゃあ、行くね」

「おう、嬢ちゃんたちは、どこかのご令嬢か？　今のローバイルはちょっと治安も悪くなっているから気をつけるんだぞ」

少女姿の私に、剣士のテト、メイドのベレッタと見方によっては、確かにそこそこお金のある家のご令嬢とお付きの護衛とメイドにも見えるだろう。

特に、魔法使いの杖とローブを持つ私は、魔法を教わることができる裕福な家の者のように見えたのかもしれない。

そして、私とテトとベレッタは、国境を越えてローバイル王国に入る。

そして、一番近くの町のギルドに訪れて、周辺地域のことを訊きながら旅を続け、ラリエルの依頼の目的地を目指す。

その途中、【空飛ぶ絨毯】から見下ろす大地の様子に顔を顰めてしまう。

「これは……大地の魔力を感じない」

「魔力が涸れているのです」

『大地の魔力濃度が極端に低いのを検知しました。地脈に何らかの異常があると予想されます』

目に魔力を集中させれば、【虚無の荒野】ほどではないが、大地を満たす魔力が薄くなっているのが分かる。

魔力が多すぎれば、魔力溜まりとなり、魔物の活性化やダンジョンの発生などの魔力災害に繋がる。

だが、逆に魔力が少なすぎても作物が上手く育たず、痩せた大地になってしまう。

「かなり広い範囲での魔力の停滞ね。ラリエルが言っていた地脈から魔力が噴き出しているから、こっちの方まで魔力が流れて来ていないのね」

そうした大地の変化を見つけ、旅の途中で不作に悩む村々に立ち寄った私たちは、こっそりと地面に魔力を注ぎ込む。

「対症療法だけど、これでとりあえずは作物の生育は回復するはずよね」

「これで少しは持つのです！」

『ご主人様、お疲れ様です。こちらで休憩いたしましょう』

自分の目の届く範囲の村々が苦しんでいるのに、無視して通り過ぎることはできなかった。

それぞれの村の周辺の大地に、私が持つ30万の魔力をほぼ全て注ぎ、不足していた魔力を補った。

「魔女様は、優しいのです」

「……………そんなんじゃないわ。ただ、見ない振りをするのは後味が悪いだけよ」

そんな豊作の加護のような大地への魔力供給でぐったりする私は、ベレッタに体を預け、テトが操る【空飛ぶ絨毯】に乗って旅を続けるのだった。

17話【奉仕人形たちの一日】

SIDE：奉仕人形アイ

ご主人様とテト様、ベレッタ様が旅立たれた。

そして、この【虚無の荒野】と呼ばれる場所は、私たち20体の奉仕人形たちと無数のクレイゴーレムたちによって管理を任されている。

『おはようございます、みなさん』

『『『おはようございます、アイ代理』』』

私たちは、ご主人様に仕えるために【創造魔法】によって生み出された。

そして、一体ずつに名前を与えられ、メイド長のベレッタ様の下で働いている。

現在、メイド長のベレッタ様もご主人様の旅に同行している。

そのために、最初に生み出された奉仕人形の私が、メイド長代理として他の19体の奉仕人形たちに指示を出している。

『結界魔導具の破損なし、地表魔力の生産量は安定。流出魔力量は、先月に比べて1％増加』

『動植物の繁殖は、先月に比べて上昇中』

『大悪魔の封印装置、問題無く稼働中。魔力生産量は一定をキープ』

私たちの仕事は、ご主人様から任された【虚無の荒野】の地表部の管理用魔導具の確認だ。

ご主人様がマスター権限を有して、ベレッタ様経由で私にサブ権限を預けられ、本日も動植物の状況と地表部の魔力状況の推移を確認する。

一日の収支報告と設備状況を確認し、続いて奉仕人形たちに仕事を振り分ける。

全員が同一の仕事をこなせるように仕事には、ローテーションが組まれている。


第一班は、ご主人様のお屋敷の管理をする。

ご主人様たちは不在だが、屋敷の掃除から洗濯、ベッドメイク、料理など様々な仕事をしている。

私たち奉仕人形は食事を取る必要性はないものの、ご主人様の命令により多くの経験を積むことを言い渡されたために、人間を模した行動を行なっている。

『こちらの料理は美味だと判断します。ぜひ、ご主人様が帰還を果たした際に、食卓に出すことを提案します』

なのでご主人様たちに食事を振る舞えるように、自分たちの食事も用意して、日々料理の腕を磨いている。

その中で――

『これは……しょっぱい、ですね』

『申し訳ありません。砂糖と塩を間違えました』

『改善策として、レシピに塩を使わない際は、遠ざけて置くことを提案します』

『了解しました』

古代魔法文明の製品として作られたベレッタ様は、命令に対して完璧に行ない、料理の失敗は一切しない。

しかしご主人様が創造された奉仕人形の私たちは、機能的にはベレッタ様と同じだが、知識や情報、思考回路を司るブラックボックスだけはイメージで補完されているようだ。

そのため私たち奉仕人形たちは、一から仕事を教わり、それを知識と経験として蓄えてきた。

その結果、奉仕人形たちの行動に個体差が発生した。

――料理が得意な者、苦手な者。

――作業が速く雑な者、作業が遅く丁寧な者。

――仕事が好きな者、嫌いな者。

――運動能力が高い者、良く転ぶ者など……

本来ならば、不良品として選別される者たちが混ざる中、ご主人様たちは、優しく見守って下さる。

「今の段階で個性があって面白いじゃない」

そして、ある時は、ベレッタ様にお願いしたことがある。

『ベレッタ様。どうか、我々との情報の共有化をお願いします。互いの経験を最適化すれば、ご主人様のお役に立てることを進言します』

互いに互換性のある奉仕人形たちは、情報を共有化することができる。

それにより、メイド長のベレッタ様の情報を元に我々を最適化することで高い性能を発揮できるはずである。

『アイによる進言を却下します。全奉仕人形たちには、情報の共有化は、許可しません。また情報伝達は、口頭もしくは、念話のみに制限しています』

『その理由をお聞かせ下さい』

私がベレッタ様に理由を訊くと、ベレッタ様は、僅かに考えるような素振りをして答えてくれる。

『ご主人様は、私たちが経験を積んだ先を楽しみにしています。また、私たちの記録は全てその個体自身の物です。安易な情報の共有化は、個の境界を曖昧にします』

故に、許可せず、人間を模した活動を行ない経験を集積するように命じられた。

『これが個性なのでしょうか』

最近では、私自身も含めて、奉仕人形たちには好む味覚が生まれてきたようだ。

ご主人様に出す料理には、ご主人様好みの味付けで出さなければならない。

だが、私たち自身が口にする物ならば、好きにして良いのではという雰囲気が生まれてからは私たち自身のために試行錯誤をしている。


続いて、第二班は、畑と畜産の管理をしている。

ご主人様の屋敷の周りには、畑と畜産小屋が建っている。

畑には、主食となる小麦や大麦を始め、季節折々の旬の野菜、そして、イチゴやラズベリーなどの多年草の果物や果樹、薬にも使えるハーブ類や衣服などに使える綿花。花壇や植木鉢には、ご主人様に楽しんでいただくための観賞用の花々も育てている。

冒険者として時折、忙しく飛び回るご主人様のために新鮮な野菜などは、【虚無の荒野】の遺跡から発掘された壊れた魔導具を元にご主人様が【創造魔法】で創り出した【保存庫】に保存している。

これは、常温・冷蔵・冷凍の三種類を用意して、内部に人が居ない時は時間が停止する優れものである。

古代魔法文明は、食料生産の増加と長期保存技術があったからこそ、技術発展する余裕があったとベレッタ様は教えて下さった。

その技術発展の結果、魔法文明の暴走という形で終焉を迎えたそうだが、後の時代に生み出された私たちには実感も知識もないので、ご主人様の役に立つのであれば気にしない。

そんな畑と畜産の管理にも、これまた奉仕人形たちの個性が出る。

黙々と草を毟《むし》る個体、すぐに飽きて虫などを観察する個体、水遣りなど計画的に周囲に指示を出していく個体、家畜として育てている鶏と山羊に関心を持つ個体、作物を摘まみ食いする個体など。

自由気ままな振る舞いに奉仕人形としての矜持はあるのか、と考えてしまう。

帰ってきたら、一度ベレッタ様に再指導をお願いしようかとも考えるが――

「あの子たちを叱らないでね。まだ経験も何もない柔らかな心だから」

ご主人様は、私たちを見守るようにベレッタ様に言われていたのを思い出す。

なので彼女たちが失敗したら、ベレッタ様不在の現在、代理を任された私がフォローすることにした。

そして、彼女たちが学習して、更に個として成長するのを見守るのだ。

『みなさん、作業で衣服が汚れましたから着替えをしてきてください』

『『『はい、アイ代理』』』

今日、畑に振り分けた子たちへ、ご主人様が用意した大浴場で汚れを落とし新しい衣服に着替えることを指示する。

奉仕人形たちは、防水機能を有しているので、洗浄も可能だが、自己に仕込まれた清潔化魔法により清潔さを保てる。

だが、健康で文化的な生活として入浴する。また、素肌を晒すことで様々な発見があった。

最初は、ほぼ同じ奉仕人形たちも日に日に表情や髪色、体付きが微妙に変わってきたように思う。

ただ、なんとなく気のせいかもしれないので経過観察は必要なようだ。


第三班は、森林拡張班である。

私たち奉仕人形は、周囲の魔力濃度に影響される存在である。

そのために、この【虚無の荒野】でも魔力濃度の高い森林周辺でしか長時間の活動ができない。

森林拡張班は、この土地の魔力濃度を濃くするために、植樹を行なうのが主な仕事である。

ご主人様が作り上げた樹林を歩き回り、ご主人様たちがクマゴーレムと呼ぶ耳付きのクレイゴーレムたちと共に植物の苗木を回収し、森林の縁に植樹して森林の範囲を増やしている。

小国に匹敵する土地の約10％を樹林化でき、３％が泉や湧き水が形成する河川となって、荒野に水分を行き渡らせている。

この先、私たち奉仕人形とクレイゴーレムたちによる植樹で、森林の面積は増えていくだろう。


そして最後の四班は、休息班である。

以上の仕事を順番に行なった奉仕人形たちが自由に過ごす日である。

魔力補充の装置で稼働に必要な魔力を補充した後、そのままスリープモードで待機するも良し、料理を自発的にするも良し、ご主人様が用意した本や遊具などを使った娯楽に興じるも良し、それぞれの過ごし方を模索している。

その過ごし方を見ていると、自分が無趣味のように感じられる。

漠然と日常を過ごすのは、生産的ではないために、とりあえず屋敷の周りを散歩しに出掛けることにした。

そして、通りかかった鶏小屋の周りで鶏たちが自由に歩き回っている中、普段では聞き慣れない鳴き声が耳に届く。

『これは……ふふっ、楽しみですね』

ピヨピヨと鳴きながら親の鶏の後を懸命に付いていく黄色いヒヨコたちが目の前を通りかかる。

家畜として飼育している鶏だが、家畜小屋に残しておいた有精卵が孵化したのだろう。

愛らしいヒヨコたちの光景を眺めるだけで自然と笑みが零れてくる。

また一つ、帰ってきたご主人様たちに報告することができました、と思いながら私は散歩の続きを行ない、屋敷に戻っていく。

18話【廃坑の町】

女神・ラリエルの依頼で目指していた場所は、ローバイル王国北部の山岳部に近いところだった。

「ここがそうみたいね」

ラリエルによって植え付けられた知識にある光景が目の前に広がっていた。

大きく抉《えぐ》れたような岩山とその山の麓《ふもと》に建ち並ぶ寂れた町並みが見える。

「この辺りの地脈の状況は、やっぱりあまり良くないわねぇ」

『地脈の噴出地点から魔力が漏れ出していてもおかしくないのでしょうが、魔物の巣があると言うことは、そちらに魔力が奪われている可能性があります』

目に魔力を集中させ、大きな岩山とその周辺の大地を見渡す。

地脈の上流に当たる岩山の向こうからは大地から魔力が立ち上っているのが見え、ベレッタの言う通り、地脈が通る岩山の真下を境に、下流の大地に魔力が行き渡らず弱っているように感じる。

そのために、これまで通ってきた地脈の下流に当たる村々の畑は、どこか色褪せたような印象を受ける。

「魔女様〜、町に人が居るみたいなのです」

「とりあえず、行って色々と聞いてみましょう」

私たちは、町の人たちを驚かせないように町の手前で【空飛ぶ絨毯】から降りて、歩いて町に向かう。

元々は鉱山の町だったのか、栄えていた名残のような物を感じるが、今では町全体が寂れてしまっている。

私たちのような余所者《よそもの》が町の事を知るなら冒険者ギルドが鉄板であるが、冒険者ギルドらしき建物は既に閉鎖されていた。

「町が寂れたから、ギルドも撤退したのかしら」

建物の規模としては町ではあるが、もしかしたら住人の数が村落規模まで落ち込んでいるのかもしれない。

「魔女様……ちょっとお腹空いたのです」

『では、代案として食事処に入り、情報収集することを提案します』

「そうしましょうか」

ややお昼過ぎではあるが、私たちは町の情報を集めるために、宿屋を兼業する食事処を見つけて中に入る。

「いらっしゃい。あんたら、どこかの良いところのお嬢様かい？」

食事処に入ると店の椅子に気怠げに座った店主のドワーフの男性が声を掛けてくる。

確かに、幼い外見で魔法使いの恰好の私に、剣士のテト、メイドのベレッタの組み合わせだと、魔法使いに憧れる良いところのお嬢様に見えたようだ。

「いえ、ただの冒険者パーティーよ。それで食事とこの町のことを教えてくれる?」

「美味しいご飯を食べたいのです!」

私とテトがそう答えると、ドワーフの店主は申し訳なさそうに答える。

「悪いな。余所者に分けるほどの食べ物がないんだ。食事を作ってやりたいが、この近辺の村々は、どこも不作で自分たちが優先なんだ。まぁ、宿だけは提供できるがな」

申し訳なさそうにするドワーフの店主の話を聞いて、やはり地脈の乱れによる不作の影響がこの町でも起きているようだと知る。

なので私は、マジックバッグから仕舞っていた物を取り出していく。

「小麦粉、オーク肉、各種野菜、川魚の干物、果物、塩、砂糖。これだけあれば料理は作れるかしら?」

「なっ!? こんな食材、どこから……」

驚き、目を見開くドワーフの店主に、私は交渉を続ける。

「とりあえず、食材は私たちの方で提供するから食事は作ってくれる? 料金も正規の値段で支払うし、余った食材は自分たちで使ってもいいわ」

「だから、美味しいご飯お願いするのです！」

私からの要望とテトの無邪気な言葉に、目を白黒させていたドワーフの店主は、大きく深呼吸して表情を明るくする。

「それなら旨い料理を作ってやる！　満足な食材で久しぶりに腕が鳴るぜ！　それにこの町の話だったな！　料理しながらでも話してやるよ！」

そう言うとドワーフの店主は、私たちのお願いを引き受けてくれた。


始まりは今から３００年以上前――この廃坑の町の周辺は、強力な魔物が住み着く魔境だった。

当時活躍した高名な冒険者パーティーが魔境の主と呼ばれた魔物を倒し、その激闘の跡地から鉱脈が発見された。

そこには、稀少なミスリルや魔鋼、オリハルコン、魔力を蓄えられる鉱物の【魔晶石】などを含む魔法金属があったのだ。

その後、魔境は切り開かれて、大勢のドワーフが移り住み、町を作り、発展していった。

特に最盛期には、多くの名工が誕生し、数々の武具が生まれて多くの冒険者や騎士を支え、王室に献上され、他国に輸出されるほどだったそうだ。

それが今から30年前――土魔法が得意なドワーフの鉱夫たちが、鉱山から余すことなく魔法金属を掘り尽くした結果、廃坑になってしまった。

それからは、廃坑に見切りを付けたドワーフの鉱夫や鍛冶師、その家族、彼らを支えるために商売をしていた者たち、この町を訪れていた商人たちが、この町を去った。

「まぁ、色々なことが原因で、今はこんなに寂れちまった」

「なるほど、その煽りを受けて冒険者ギルドも撤退したのね。それで、この町に残った人たちは、付いて行かなかったの？」

「俺たちは、この町で生まれ育ったドワーフだ。他に行くところなんてねぇのさ」

料理をしながら答えてくれるドワーフ店主の言葉に、私たちは聞き入る。

「幸い、俺たちは土魔法が得意だからな。こんな廃坑跡の町でも畑は作れるし、体も丈夫だ。それに廃坑から魔法金属は取り尽くしたが、まだ鉄や銅が取れる」

「そうなのね。色々と教えてくれて、ありがとう」

私がお礼を言い、聞き入っていたベレッタも会釈すると、ドワーフの店主が照れくさそうにする。

「こんなことならお安い御用だ。それより、仕込み時間が無かったからこんな料理しかできないが、冷めちまう前に食べてくれ」

そう言って話を締め括るドワーフの店主は、完成した料理を私たちの前に並べてくれる。

フライパンで小麦の生地を薄焼きにした物に、肉や野菜で作った具を挟んだトルティーヤのような料理だ。

「テト、もうお腹ペコペコなのです！」

「とても美味しそうね。早速頂きましょう」

『では、いただきます』

廃坑の町の歴史を聞いた後、用意してくれた料理に私たちは舌鼓を打つ中、ドワーフの店主が興味深そうに今度は私たちのことを尋ねてくる。

「そういえば、嬢ちゃんたちは、冒険者なんだろ？　ギルドもないこの町まで、何の目的で来たんだ？」

ドワーフの店主の素朴な疑問に、私たちは素直に答える。

「私たちは、鉱山を目指して来たんだけどね」

「魔法金属が欲しくて来たんなら、残念だったな。廃坑の奥には、まだ少し残っているかもしれないが、今じゃどこからか入り込んだ虫魔物が繁殖していて誰も手が出せないんだ」

「そんなに廃坑は危険なの？」

廃坑の奥深くに地脈の噴出地点がある都合上、もう少し情報が欲しいために、更に尋ねる。

「廃坑の虫魔物は強くはないらしいが、かなりの数が住み着いて年々増えている。それに、廃坑の中を掘り進む虫魔物も現れて今の廃坑は迷路状態らしいんだ」

最近では、近場の鉄や銅を掘りに行くのも大変らしい。

そして、虫魔物の爆発的な繁殖の原因は、地脈から噴出する魔力による魔物の活性化だろう。

また、地脈の噴出地点を塞がなければ、地脈下流に魔力が行き渡らず、不作が続く可能性が高い。

「近くに魔物がいるって心配にならないの？」

「そりゃ心配ではあるが、廃坑に住み着いた魔物を退治する金もない。だから今は、廃坑の入口を自警団たちが見張って出てきた魔物だけ退治しているんだ」

私たちの食事も既に終わり、ドワーフの店主が出してくれたお茶を飲んで一息吐く。

大地の魔力は弱まっているが、今日明日でどうにかなる様子もなさそうで安心した。

「とりあえず、私たちが廃坑の中を見てくるわ」

私がそう答えると、ドワーフの店主は、驚いた表情を浮かべる。

「嬢ちゃんたちがか？　悪いことは言わねぇ。止めといた方がいい」

「テトは沢山魔石を集めたいのです！」

『入るには、許可などが必要なのでしょうか？』

今まで聞き役に徹していたテトとベレッタがそう答えると、ドワーフの店主は困ったように髭を撫でる。

「いや、それよりあんたら、冒険者って言っても小綺麗な姿してるからまだ新人とかその辺だろう？　腕試しで廃坑に挑むのは止めなさい」

確かに、商家のお嬢さんとお付きの人に見られたり、冒険者としても新人に見られたりしたことで、私とテトは思わず笑ってしまう。

ベレッタだけは真剣な表情をしているが、ドワーフの店主も、真剣な表情で私たちを諭そうとしてくる。

「笑っているが、わしは本当に心配しておる。あの廃坑は、かなり深いんだ。それに素人が入り込んだら、抜け出すのも難しい。何より廃坑は暗くて、所々にガスも貯まっている。危険は、魔物以外にもあるんだ。命を捨てるような真似をするものじゃない」

「ごめんなさい。ただ、おじさんが本気で心配してくれるのが嬉しくてね」

「ありがとうなのです。でも、テトたちはこういう人なのです」

こういう時は、ギルドカードだ。

Aランクのギルドカードと【空飛ぶ絨毯】のパーティー名をドワーフの店主に見せると、それを手に取り困惑している。

「私たちは、【空飛ぶ絨毯】ってちょっと名の知れた冒険者なのよ」

「お嬢ちゃんたちは、Aランクの冒険者なのか……」

マジマジと私たちとギルドカードを見比べるが……

「わしは、田舎者だから【空飛ぶ絨毯】なんてパーティーのことは知らんのぅ。それに悪いがわしには、お嬢さんたちの実力を確かめる術がないんじゃが……」

そう言ってドワーフのおじさんは、困惑している。

Aランクの肩書きも【空飛ぶ絨毯】の知名度も他国の田舎町では通じないようだ。

魔力で相手の力量を計るには、Cランク冒険者以上の魔力感知能力が必要なので、一般人のドワーフの店主に確かめる術はないだろう。

「そもそも、こんな辺鄙《へんぴ》な廃坑の町には、Dランク冒険者くらいしかおらん。なぜ、わざわざAランク冒険者なんて凄い人が来るのかが不可解じゃ」

そう言って、怪訝そうにするドワーフの店主に私は、言葉を選びながら答える。

「そうね……ある人の依頼でこの辺りに来たのよ」

「ある人？」

「ええ、誰かは言えないけど、その人に頼まれてここまで来たの。それで、廃坑のことが関わりがあるかと思ってね」

「そうか……よく分からんが、分かった。ただ約束してくれ。お嬢さんたち三人は、最初の一週間、毎日必ずここに帰ってくることだ。廃坑に行ってもちゃんと帰ってきてくれるなら、わしもお嬢さん方を信じて送りだそう」

真剣な目でドワーフの店主は、見つめ返してくる。

そんな提案は無視して、廃坑の奥まで探索すれば良いのだろうが……

「わかったわ。それじゃあ、一週間この宿を借りるわ。食事付きでお願いね」

「もし本物のAランク冒険者なら心配は要らないんじゃろうが、年若いお嬢さん方が無理しそうになるのを見ると、どうしてもお節介をしたくなる」

「ふふっ、心配してくれるだけでも嬉しいわ。けど、私はこう見えても40歳よ」

「そして、テトは、44歳？　なのです！」

私がギルドカードの年齢欄を見るように言えば、ドワーフの店主が驚き目を見開く。

「あんたら……人間にしてはえらく若く……いや、幼く見えるなぁ。エルフかドワーフの血でも混じってるんか？」

「ただ、魔力が多いだけよ」

そう自嘲気味に答えて、もう廃坑に入るには遅いために、そのままこの宿屋の一室で休ませてもらう。

『ご主人様、よろしかったのでしょうか？』

「うん？　何が？」

なるべく控えていたベレッタが、宿泊する一室に入るとそう尋ねてきた。

「ご主人様とテト様の実力ならば、あのような忠告を無視しても問題無いかと」

確かにベレッタの言う通り、ドワーフの店主の忠告を無視して廃坑探索はできるが――

「だって、嬉しいじゃない」

『嬉しい、ですか？』

「40歳過ぎた大人でAランク冒険者なのに、子どもみたいに心配されているのよ」

そんな何気ないやり取りが嬉しかった私と、それをイマイチ理解できずに無表情で固まるベレッタ。

そしてテトは、マイペースで宿屋のベッドに寝っ転がり、寝心地を確かめるのだった。

19話【ドワーフの少女・アリム】

夕食の時間になって私たちが宿の食堂に降りていくと、ドワーフの店主の家族が待っていた。

「おおっ、ちょうどお嬢さんたちの話をしてたんだ。妻と娘を紹介させてくれ」

ドワーフの店主に紹介されて、宿屋の女将《おかみ》さんであるドワーフの女性と顔を合わせる。

低身長だが、がっしりとした体格に髭を生やしたドワーフの男性に比べて、宿屋の女将さんは、身長１４０センチほどの幼い容姿の女性であった。

やや小柄で20歳くらいにも見えるが、これで45歳の子持ちなのだから、ファンタジーの長命種族は侮れない。

そして、もう一人――

「わぁ、お客さんなんて久しぶりだね！」

「これ、アリム。お客さんの前で失礼だぞ」

この食事処兼、宿屋の夫婦の娘であるドワーフの少女が私たちに声を掛けてきた。

年頃としては、私の外見に近い12歳くらいに見える。

母親のドワーフの女将さんと並ぶと姉妹に見えるほどだ。

合法ロリの存在するこの異世界で、永遠の12歳になった私の存在がそこまで奇異に映らない理由なのかもしれない。

「初めまして！　私は、アリムって言います。お客さんのお名前は？」

「私はチセよ。とりあえず、一週間ほどお世話になるわ」

「テトなのです。よろしくなのです！」

『ベレッタと申します。ご主人様共々、お世話になります』

「チセちゃんにテトちゃん、ベレッタさん！　よろしくね！」

チセちゃん、テトちゃん……なんだろう、気持ちとしては成人女性のつもりなので、少女扱いされるとむず痒く感じる。

そして、ベレッタだけは、さん付けなのが少し羨ましい。

「これ、アリム！　お二人は、アリムの倍以上も年上の大人の方じゃぞ！」

「えー、そうなの!?　チセちゃん、私と同い年くらいだと思ってた！」

お客人に失礼なことを言う娘を叱るドワーフの店主を、まぁまぁと宥め、元気がいいドワーフの少女に微笑む。

「ねぇ、アリムちゃん。ちょっとした魔法を見せてあげる」

私は、掌を開いて、閉じてを繰り返して何も持っていないことを見せつける。

そして、何かを包み込むように両手を合わせ、無詠唱で【創造魔法】を発動させる。

「はい。魔法の完成、掌を出して」

「え、あっ、わぁぁっ、飴玉だぁ！」

アリムちゃんの掌の上に合わせた両手を開き、【創造魔法】で創り出した飴玉を載せていく。

油紙に包まれた飴の味は、イチゴとレモンとオレンジの三種類だ。

「チセちゃん、凄い！　本当に魔法なの⁉　貰ってもいいの⁉」

「ええ、それは、アリムちゃんのものよ」

こんな寂れた町では、飴玉などの甘味ですら貴重品なのだろう。

元気溌剌としたドワーフ少女の喜ぶ姿は、とても眩しく感じる。

そして私が渡した飴玉を両親にも一個ずつ分ける姿を見て、微笑ましくも、どこか懐かしく思う。

セレネが小さい時は、歌を歌いながら、ポケットを軽く叩く際に、ビスケットをこっそりポケットの内側に生み出したり、手品っぽく掌に飴玉を創り出して驚かせたのを思い出す。

そんな義娘との思い出に、少しだけしんみりともしてしまう。

そして、テトは——

「魔女様～」

「はいはい、テトの分もあげるわ」

また掌を握って、その手の中で【創造魔法】を使えば、新たな飴玉を生み出せる。

「ありがとうなのです！」

テトもアリムちゃんと一緒に飴玉を喜ぶ中、ドワーフ夫婦は、娘が明るく喜ぶ姿を横目に私に対して申し訳なさそうな表情をしている。

「申し訳ない。食材を分けていただいたり、うちの娘が……」

「いいのよ。私も子どもが喜ぶ姿を見るのが好きだから」

そうして、少しばかりアリムちゃんや女将さんからもこの町について話を聞いたりしながら、夕食の時間を過ごし、テトとベレッタの三人部屋に戻る。

『ご主人様、お願いします』

「ええ――《チャージ》」

ベレッタの背中に手を当てて、魔力の補充を行なう。

低魔力環境の外界ではベレッタの長期活動は難しく、外付け魔力タンクである【魔晶石】のブローチを身に付けていても、一日一回は魔力の補充を行なわなければならない。

そして、更に《クリーン》の魔法で体を清潔な状態にして、寝間着に着替えて眠るのだった。

そして、翌朝――

「おはようございます！」

「んんっ……朝ね。ふわぁっ……」

元気な少女の挨拶と扉のノックと共に、私の目が覚める。

『おはようございます、ご主人様』

「おはよう、ベレッタ」

既にベレッタは、メイド服に着替えており、挨拶と共に窓を開けて部屋の換気を行なう。

私も抱き締められていたテトの腕から抜け出し、着替えを始め、少し遅れてテトも目を覚ます。

「魔女様、おはようなのです」

「テトもおはよう」

二人に挨拶をして着替えを終えた私たちは、宿屋の食堂で食事を取る。

昨日は美味しいと感じたドワーフ店主の料理だが、味が濃いためか朝から少し重く感じ、半分ほど食べて手が止まる。

「嬢ちゃん。食べてねぇが、具合でも悪いんか？」

心配してそう声を掛けてくれるドワーフの店主に私は、申し訳なく思いながら答える。

「ごめんなさい。美味しかったけど、私には、朝からちょっと重たかったわ……」

「すまんな。ドワーフたちは、みんな健啖家だもんで同じように出したが、明日からは半分だけにしておくか！」

明るくそう答えるドワーフの店主の気遣いに、感謝を覚える。

「残った分は、テトが食べるのです！」

そして、私が残した料理をテトが食べてくれたので、食材を無駄にしなくて済んだ。

そんな中、ベレッタが私とドワーフの店主に申し出てくれる。

『不躾な提案で申し訳ないのですが、ご主人様の朝食は、私がご用意いたしましょうか？』

「ベレッタが？」

『はい。ご主人様は、基本小食でございます。量を少なくしたと言えど、味の濃い物を朝からはやはり胃に重たいのだと思われます。ですから、朝食を作る厨房を貸して頂けないでしょうか？』

確かに、ドワーフの店主の料理は美味しいが、いつも濃い味の料理だと少し重く感じてしまう。

だが、宿屋の厨房は、ドワーフの店主の領域だから、貸してくれるか心配になるが……

「まぁ、食材を提供して貰っているからな。お嬢さんたちが綺麗に使ってくれるんなら、明日から使うといい」

『感謝いたします』

「ああ、それと、一つ言い忘れていた」

明日からの朝食はベレッタが作ることが決まった後、ドワーフの店主が申し訳なさそうな顔で告げてくる。

『廃坑に行くなら毎日帰って来いとは言ったが、一応、昨日の夜に町長と町の自警団にも廃坑に入る許可を申請しておいた。あの廃坑の入り口は自警団が守っていて、いきなり行って入らせて下さいって言っても無理だからな』

まぁ、冒険者ギルドで管理しているダンジョンではないのだから、多少の手続きは必要だろう、と思い頷く。

「そう、いつになったら入る許可が貰えるのかしら？」

「元々廃坑に入る余所者《よそもの》はほぼいないから、明日までにはちゃんと条件を決めておくって言ってた！」

そうなると、今日一日が暇になってしまった。

「ねぇ、チセちゃんたち、暇になっちゃったの？　それじゃあ、私が町を案内してあげる！」

「それじゃあ、お願いしちゃおうかな」

「楽しみなのです！」

「うん！　任せて！」

心配そうな父親のドワーフ店主と微笑ましそうな母親の女将さんに見送られて、私たちはアリムちゃんの案内で町に繰り出す。

「チセちゃん！　ここが町の畑だよ！　私、お手伝いしているの！」

町の郊外に廃坑の町の胃袋を支える畑が広がっているが、地脈の魔力が行き渡っていない痩せた畑だと思っていた。

だが目の前の畑には、小麦や野菜が力強く育ち、これまで見てきた村々の畑とは様相が違うのが分かる。

「これは、立派な畑ね」

一面の畑を見回す私たちを尻目にアリムちゃんは、畑仕事を手伝う町のドワーフたちと合流する。

ドワーフの店主が余所者には分ける食料はないと言ったが、これまで通過してきたローバイル王国の不作の村の人よりもこの町の人々の方が血色が良く、きちんと食べているように見える。

そして、畑の手伝いを始めるアリムちゃんたちは、近くの川から引いた貯水池から水を汲んで畑に水を遣り、雑草を毟《むし》り、全員が畑の縁に集まって地面に手を突く。

そこで、彼らの畑が力強く育っている訳を理解した。

『『――《大地に、我らが魔力を捧げ、活力を与えたまえ、アクティベーション》』』

アリムちゃんを含むドワーフたちの掌から黄色い魔力が畑に染み渡り、光が広がっていく。

その後、アリムちゃんたちが少し疲れたような表情をしながら、嬉しそうに笑って振り返る。

「えへへっ、どうかな？　チセちゃん、テトちゃん、ベレッタさん！　私たちの畑は」

「ええ、凄いわ。本当に立派な畑よ」

私がこの町に辿り着くまでに、散々立ち寄った村々の大地に施していた活性化の魔法と同じだ。

きっと土魔法に精通しているドワーフという種族だから、魔法で畑の養分を調整し、大地に足りない魔力を自分たちで定期的に補っていたのだろう。

だから彼女らは、魔力が行き渡らずに痩せた大地で、この町の人口を支えるだけの食料を生産することができたのかもしれない。

20話【廃坑の町の知恵】

宿屋の娘のアリムちゃんに廃坑の町を案内してもらい、一日を過ごした。

畑で採れた食材はアリムちゃんの家の宿屋にも運ばれ、昼と夜の町を支える労働者向けの食事に使われているそうだ。

私たちが町に訪れた時はお昼過ぎで、労働者の食事の時間と被らず、夜もアリムちゃんたちの家族の食事の時間に合わせて早めに用意してくれたそうだ。

そして翌日、廃坑に入る許可を貰ってきてくれたドワーフの店主が廃坑の入口まで案内を買って出てくれる。

私たちが宿を出る頃に、アリムちゃんも出掛けるようだ。

「お父さんとチセちゃんたちは、どこに行くの？」

「わしは、三人を廃坑まで案内する。すぐに帰ってくるよ」

「私たちも夜前には帰ってくるつもりよ」

「そうなんだ！　私は、畑の手伝いに行ってくるね！　帰ったら宿のお手伝いをするから！」

楽しそうに今日の予定を教えてくれるアリムちゃんの笑顔に応えて、微笑みを浮かべる。

「そう、偉いのね」

「アリムちゃんは、偉いのです」

「えへへっ、けど、たまに友達とも遊んだりしてるから偉くはないかな」

そう言って、はにかみながら走り出そうとするアリムちゃんを手招きする。

「はい、また魔法の飴」

「わぁ！　ありがとう！」

「今度は、友達と一緒に食べるといいわ」

マジックバッグから【創造魔法】で創っておいた飴玉の入った紙袋を取り出し、アリムちゃんに渡す。

ちょっとしたイタズラ心で、一個だけ子どもが苦手なハッカ味も混ぜてある。

実際に口にする時、どんな反応をするか想像している私は、きっと悪い大人である。

「それじゃあ、行こうか」

「ええ、案内をお願いします」

ドワーフの店主に促されて、私たちは廃坑の入口に向かう。

つづら折りになった坂を上り、遠くから見えた岩山の抉《えぐ》れた場所に辿り着くと、廃坑の入口があった。

廃坑の入口には、鎧とハンマーで武装したドワーフの自警団が見張りに立っており、ドワーフの店主が軽く私たちのことを紹介してくれる。

「すまんな。この子たちがこの前言った、わしのところに泊まりに来た冒険者だ」

「おー、あんたらが冒険者の娘っこたちか。入ってええけど、なぜにこんな廃坑に？　こげなところはなんもありゃせんぞ」

自警団の一人が不思議そうにそう尋ね、隣に居たもう一人の自警団のドワーフも力強く頷く。

「簡単な調べ物よ」

「入るのを止めはしねぇが、魔物が出るから入ることは勧めねぇぞ」

ドワーフの自警団たちに心配された私は、苦笑いを浮かべる。

やはり、容姿が若い女性たちであるために頼りないのかもしれない。

「それで廃坑に入る時、何か注意はあるかしら？」

「注意するのは、魔物と坑道の崩落、それと空気の有無だ」

「忘れちゃいけねぇのは、前に腕試しに廃坑に入って逃げ帰った貴族様がおったじゃろ。失敗の原因は、明かりの手段が少なかったからだ」

私の質問に見張りの二人が、注意点を教えてくれる。

「明かりの手段？　松明《たいまつ》やランタンとかのことよね」

「うんだ、うんだ。わしらドワーフは種族的に夜目が利くが、人間は夜目が利かん。だから、多めに明かりの手段を用意しておいた方がいい」

「それに空気がない危ない場所だと、松明の火が突然消えるから、松明と魔導具のランタンの二つがあった方がいいだ」

ドワーフの自警団が言葉を継ぐように、廃坑内での明かりの重要性を説き、明かりがあるか確かめるようにドワーフの店主がこちらを振り向くので――

「とりあえず、大丈夫よ。――《トーチ》《ライト》」

『また、マジックバッグに照明器具をご用意しております』

私が魔法で灯火と光球をそれぞれ生み出し、【創造魔法】で創り出してベレッタに持たせたマジックバッグから、ランタンの魔導具を取り出して見せる。

それを見たドワーフたちは、感心するようにこちらを見る。

「ほぉ、それだけできるなら問題ないじゃろ。ああ、それと――」

なにか言い忘れたことがあるのかと思ったら、ドワーフの自警団の人が、最後に一つだけ私たちにお願いをしてくる。

「魔物は倒してもええが、中に居るコウモリは、なるべく傷つけないでくれ」

「…………わかったわ。善処するわ」

「お嬢さん方、気をつけて行くんだぞ」

そうして、私とテトは、ドワーフの人たちに見送られて、廃坑の中に入っていく。

「魔女様？　最後のコウモリってどういうことなのですか？」

「うーん。ある程度、予想は付くけど、実際に見てから説明するわ。それより、テト。この廃坑ってどんな感じがする？」

「凄い下の方に嫌な魔力を感じるのです。あと、道がめちゃくちゃなのです」

私も【魔力感知】と土魔法の《アースソナー》を併用しながら、この廃坑内部を把握しようとする。

だが、坑道と魔物が作り出した無数の通り道、そして這いずるように蠢《うごめ》く無数の魔物たちの気配に、情報量が多すぎて処理しきれなくなり、魔法を中断する。

廃坑にいる虫魔物の数は、千や二千どころではない。

所々にコロニーを形成し、万を超える数が存在しているだろう。

「廃坑内部を見通せないわね」

遠くから廃坑を見た時、地中奥深くに地脈の噴出地点を漠然と感じることができた。

だが、その強すぎる地脈や無数の魔物たちの気配、テトの言う嫌な魔力である瘴気のせいで、近づかなければ周囲の状況を把握することが難しい。

だが、これだけの魔物が繁殖して、廃坑の外に出てこないのが不可解だ。

「仕方が無いか。とりあえず、この辺りに作りましょうか」

「やるのです。はぁぁぁっ！」

テトは、廃坑の入口から見えない位置の壁に手を突き、魔法を使う。

ボゴンという音と共に廃坑の壁が圧縮されて部屋になり、私がその部屋の内側に手を当てる。

「――《クリエイション》鉄板」

廃坑に穴を開ける魔物の侵入を防ぐために、部屋の内壁を分厚い鉄板で覆って土魔法で溶接する。

そして鉄板の室内には、照明用の魔導具と二基の【転移門】。この部屋の安全を確保する結界魔導具を設置する。

片方の【転移門】は【虚無の荒野】に繋がり、もう片方の【転移門】は、私のマジックバッグの中にある【転移門】と対になっている。

「さて、ここを起点に廃坑を探索しましょうか」

「おー、なのです！」

『微力ながら、お手伝いします』

作り上げた安全地帯の小部屋を土魔法で隠す。

これで廃坑をどれだけ奥に進んでも対になる【転移門】を設置してこの部屋に戻れば、すぐに外に出られる。

「これで、ドワーフの店主さんに心配を掛けずに済むわね」

「それは大事なのです！」

そうして、改めて廃坑の奥――地脈の噴出地点を目指して進んで行こうとする私とテトに、ベレッタが待ったを掛ける。

『現在は廃坑の入口に近いために空気の流れを感じますが、現状のまま奥に進めば有毒ガスや二酸化炭素などのご主人様にとって有害な物質が溜まっているかもしれません』

「ああ、そうね。所々で入り組んだ地形になっているかもね」

ベレッタの助言に相槌を打ち、早速対策の魔法を使う。

「とりあえず――《バリア》。《クリエイション》――空気！」

私たちの周りに結界を張り、その内側に【創造魔法】で生み出した清浄な空気を満たしていく。

廃坑のどこに有毒ガスや二酸化炭素が溜まっているか分からないために、私たちは空気を纏いながら進んでいく。

「あっ、魔女様。光なのです」

「あれは、坑道が崩落して外と繋がった場所ね。それに、入口で言われたコウモリは、ここから入り込んで住み着いているのね」

入口付近からしばらく進んだ坑道内に、大量のコウモリが天井にぶら下がっているのを見つけた。

「沢山いると凄いのです。魔女様、さっきのこと教えて欲しいのです？」

コウモリたちを驚かせないようにゆっくりと進んでいく中、テトに訊かれたので私なりの考えを答える。

「あのコウモリは、この廃坑の町の大事な生命線なのよ」

「生命線なのですか？　どういうことなのです？」

テトが小首を傾げる中、先に気付いたベレッタが答えを口にする。

『ご主人様、それは肥料でしょうか？』

「多分ね。幾らアリムちゃんたちが畑に魔力を注いでも、そもそも必要な栄養素が足りなきゃ野菜は育たないわ」

この鉱山が廃坑になって30年以上経ち、コウモリたちが住み着いたのは昨日今日ではないはずだ。

それこそ、何十年以上前から住み着いているはずだ。

それなのに足元に落ちているコウモリの糞の量は、それほど多くない。

コウモリたちは、夜間には遠く離れた場所の小さな虫や果物などを食べて、日中にはこの寝床の廃坑に戻り、そして糞を落とし、寿命が尽きれば死骸となる。

「特に廃坑や洞窟みたいな閉鎖的な空間だと糞が発酵しやすいはずよ。町の周囲に、有機質を含む土壌が少ないのに畑を作ることができたのは、土魔法と良質な肥料のお陰ね」

いくらアリムちゃんたちドワーフが大地に魔力を注いでも、植物が育つ下地が無ければ、育ち辛い。

それを補ってくれるのが、コウモリたちの糞が発酵した肥料なんだろう。

「なるほど、勉強になるのです」

テトは、面白そうに天井のコウモリの群れを見上げる中、私は、驚かせないように、またコウモリの糞の臭気を嗅がないように結界で空気を遮断して進むのだった。

21話【廃坑の探索】

それから程なくして、コウモリ地帯を抜けた私たちは、坑道に施された魔物避けの効果が途切れた場所に辿り着く。

「ここからは虫の魔物が出てくるから気をつけてね！」

「早速、来たのです！」

「いくわよ。――《ウィンド・カッター》！」

私は杖を構え、廃坑の壁を伝って現れた魔物に、無数の風刃を放つ。

テトも魔剣を引き抜き、コンパクトな動きで坑道内の魔物を次々と倒していく。

『ご主人様、テト様。私にも力試しのために、一体回しては頂けないでしょうか？』

魔物たちを倒していく中でベレッタにそうお願いされ、私とテトはアイコンタクトで頷き、一体だけわざとベレッタの方に通す。

一応、盗賊たちを制圧できるだけの実力があるのは認めるが、それが魔物相手に通用するのか、心配になる。

『それでは、行きます』

『キシャアアアアツ――』

腰を落として構えを取るベレッタに向かって、大型犬ほどの虫魔物が顎を開閉させながら襲い掛かってくる。

『ふっ――！』

短い吐息と共に、最小限の動きで打撃を放つベレッタ。

奉仕人形としての肉体強度に加えて、闇魔法に属する重力魔法を打撃に纏わせたことで虫魔物の外殻が大きく陥没する。

『はぁぁぁっ！』

そして、一息吐く間に、二、三と強烈な打撃を浴びせ、その度に外殻が砕け、内部がひしゃげて体液が飛び散る。

『――これで終わりです！』

そして、大きく振り上げた足を力強く振り下ろし、踵落としを決める。

『ピギィッ――』

最後には、弱々しい虫の断末魔の声が響き、ベレッタは足を振り上げる際に持ち上がったスカートが元の位置に戻るのに合わせて、いつもの姿勢に戻っている。

その洗練された格闘術に思わず、唖然としてしまう。

『ご主人様、テト様、お見苦しいところをお見せしました』

「ベレッタ、強いのです！　今度テトと手合わせして欲しいのです！」

そんなベレッタの姿にテトが手放しで喜ぶが、私はベレッタを心配する。

「お、お疲れ様……って、そうじゃなくて、今の攻撃は平気なの!?　どこか体に負荷とか掛かってない!?」

あれほど強烈な攻撃を放ったのだ。

その反動でどこかしらに異常が起きていたらどうしようか、と心配になる。

『体への負荷に関しては、許容の範囲内です。ご主人様に付与して頂いた【自己再生】スキルにより関節部への負担は時間経過と共に直ります。魔力残量も問題ありません』

「そ、そう……よかったわ」

ベレッタは、正確な報告をするので無茶を隠す心配はないが、それでも少し驚いた。

だが、戦闘を終えたベレッタは、ふと自身のメイド服の裾に虫魔物の体液が付着していることに気付く。

『虫魔物の体液には毒が含まれている場合がありますので、先ほどの戦い方を変える方がいいかもしれませんね』

「えっと、うん。どうなるか分からないけど、そっちの方がいいと思うわ。……主に私の精神的に」

ベレッタは、先ほどの戦い方に関して自己完結して、別の戦い方を思案する。

魔物相手に徒手空拳で挑む冒険者はいるけれど、やはりリーチの差などでハラハラさせられることが多い。

是非ともベレッタには、安心して見ていられる別の戦い方を見つけて欲しいが……

『ここは、以前に拝見したご主人様の戦い方を参考にいたしましょう。ご主人様、何らかの不要な金属はお持ちでしょうか？』

「そうね……あっ、昔使った鉄板があるわよ」

大昔にウォーター・ヒュドラを討伐する時に生み出した巨大ギロチン。

その鉄の塊から作り出した鉄の刃がある。

【マジックバッグ】内に入れて、もう何十年も使うことが無かった鉄の刃を取り出すと、ベレッタは興味深そうにそれを見る。

『なるほど……この鉄板では、廃坑内では大き過ぎますね。魔法による変形が必要なようです』

ベレッタは、自身の魔力を浸透させて、鉄の刃を変化させる。

私の身の丈ほどもある鉄の刃が、一瞬にして八分割され、空中に浮かび上がる。

そして、徐々に金属の形状が微調整されていき、八枚の刃がベレッタの周囲を浮遊する。

「おー、凄いのです！　どうなっているのですか？」

『【自己再生】スキルを得た事で、自身に不足する金属物質を液状化して取り込み、不足部位の再生を促すことができるようになったのですが、その際の金属干渉の応用です』

テトがまだクレイゴーレムだった時に、オークにやられてゴーレムの核が傷ついたことがあった。

その際、ゴーレムの核を修復するために押し当てた魔石が液化して、傷を塞いだことがある。

それに近い原理だろうか、と思いながら、ベレッタが鉄の刃から再生成した武器を見上げる。

作られた武器は、取り回ししやすい小さめの八枚の刃がベレッタに付き従うように浮いている形だ。

『ご主人様が金属砲弾を放ったのを参考に、闇魔法の《サイコキネシス》によって武器の操作と射出を行なおうかと思います』

「おー、格好いいのです！」

念動力でブンブンと振るわれる八枚の刃を、テトが絶賛する一方、ベレッタの方では懸念もあるようだ。

『この戦い方は、接近しないので魔物の体液で汚れにくいメリットがありますが、私の魔力消費量が増えるデメリットもございます』

「そのくらいなら、休憩の度に私がベレッタに魔力の補充をすれば良いかな？」

今は、ベレッタ自身が考えた試行錯誤を尊重したいと思う。

「それで魔女様？　この倒した魔物は、どうするのですか？」

「あー、マジックバッグに入れて持って帰りましょう。魔石の取り出しは後でね」

ベレッタの戦い方の改善に意識を持って行かれて、倒した魔物の処理を忘れていた。

閉鎖的な廃坑内部では、虫魔物の死体を残しておいても他の虫魔物が食べてしまうだろう。

それなら持ち帰って、燃やし尽くした灰を畑にでも撒いた方がいいかもしれない。

そうして廃坑内部の魔物を倒して間引きしながら進んでいくと、どうやら時間が来たようだ。

『ご主人様、そろそろ帰る時間のようです』

「あ、もうそんな時間なのね。とりあえず、次は、この辺りから再開できるように整えましょう」

ローブの内ポケットから懐中時計を取り出して時間を確かめれば、午後の四時だ。

廃坑内は、閉鎖的で時間の感覚が分からなくなるが、ベレッタのお陰でお昼や帰り時を間違えることはない。

坑道の壁の一部を、入口に作った隠し部屋と同じように鉄の壁と結界魔導具で保護して【転移門】を設置する。

「今日は、これくらいにしましょうか」

そうして夕方前には、【転移門】で入口付近に作った安全地帯に戻る。

入口から外に出ると、朝とは別のドワーフの自警団の人たちが見張りをしていた。

「おっ、噂の嬢ちゃんたちが無事に戻ってきた！　成果はどうだった？」

「虫の魔物が結構いたから倒してきたわ」

「そりゃ、ありがたい」

そう嬉しそうな表情を浮かべるドワーフの自警団だが、私は注意する。

「倒したと言っても廃坑の表層だけだからね。もう少し数を減らしたら、奥まで行って魔物を倒してくるわ」

「おう、分かった。嬢ちゃんたちの忠告を聞くよ」

ドワーフの自警団の人たちと軽く話をした私たちは、宿屋に戻る。

そして宿屋には、ドワーフの夫婦と娘のアリムちゃんが待っていた。

私たちが無事に帰ってきたことに、夫婦がほっと安堵した表情を浮かべ、アリムちゃんが駆けてくる。

「チセちゃん！　お帰りなさい！」

「ただいま、約束通り帰ってきたわ」

「また、よろしくお願いなのです！」

『今晩も、お世話になります』

可愛い女の子に迎えられて、少し表情を綻ばせる。

ドワーフ一家と共に夕食を取り、食事の席でアリムちゃんに色んな話をする。

食後に宿屋の一室に戻った私は、テトとベレッタと一緒に眠るのだった。

22話【蠱毒《こどく》の壺】

ドワーフの廃坑を探索して二日目――

廃坑に入って密かに設置した【転移門】で、【虚無の荒野】に一時帰宅する。

『お帰りなさいませ、ご主人様、テト様、ベレッタ様』

「ただいま。魔物を大量に倒したから魔石を抜き取ってくれる？　死骸は、燃やして灰にして森にでも撒いてもらえるかな」

『了解しました。奉仕人形一同、協力して魔石を取り出します』

ベレッタの代理を務める奉仕人形のアイが、恭しく頭を下げる。

私たちは、【虚無の荒野】でもまだ植樹のされていない荒れ地まで移動して、そこで昨日一日で倒した虫魔物の死骸を取り出す。

その数は、２００体を超えているが、これが廃坑に住み着く魔物のほんの一部でしかないのだから驚きだ。

私やテトは冒険者生活で慣れており、ベレッタも冷静にその死体の山を見ている。

だが、手伝いに来た奉仕人形たちの方は、何人か表情が引き攣っているように見える。

「ざっと214体。EかFランクの魔物だろうけど、流石《さすが》に虫魔物は繁殖力が凄いわ。それじゃあ、帰りに一度寄るからお願いね」

『はい、お任せください』

そう言って、【転移門】から廃坑に戻ろうとすると、奉仕人形たちが能面のような無表情になっている。

そして私が、あっと小さく呟き足を止めると、救いが現れたように奉仕人形たちの目に光が戻り

「廃坑には沢山の虫魔物が住み着いていたから、明日以降もお願いするわね」

そう言うと、再び絶望の底に突き落とされたように目から光を失う奉仕人形たちに、ごめんなさいと内心謝る。

虫魔物の死骸から得られる有機質は欲しいが、明日以降は、ドワーフの町の住人にも解体を頼もうか、と思う。

そうすれば、廃坑になって貧しい町に少しでも仕事が生まれ、奉仕人形たちの負担も減らせる。


そんなことを考えながら、昨日探索を中断した場所まで転移して廃坑の奥地を目指そうとするが

「これは……２００体程度じゃ、一日で数が元通りになるってことか」

大量の魔物が廃坑から外に出ないこともおかしいが、【魔力感知】で漠然とだが把握する虫魔物たちの数が増えては減って、一定の数を保とうとしているように感じる。

廃坑の崩壊に繋がる可能性のある大規模な殲滅魔法は使えず、虫魔物たちをテトとベレッタと共に一体ずつ倒していく。

「数が多くて困ったわね」

「奥に進むと、ちょっとずつ強くなっているのです」

強くない虫魔物なので戦いには緊張感が生まれず、廃坑という代わり映えのしない光景に辟易とする私に、ベレッタが効率的な討伐方法の提案をしてくる。

『ご主人様、生命力の強い虫魔物を倒すために、殺虫剤の散布を推奨します』

「却下よ。そもそも廃坑の虫魔物を全部倒すほどの殺虫剤を撒いたら、今度は周囲の土壌汚染の方が深刻になるわよ」

また、それほど強力な薬品は、人体にも悪影響を与えてしまうので、楽をしたいという考えと共に殺虫剤の案を振り払う。

「うーん。困ったわね」

「魔女様、魔女様……地道に進めるのです」

「そうよね。数は確実に減っているし、倒しましょう」

『私も微力ながら、お手伝いさせていただきます』

そして二ヶ月後――

一日の魔物の討伐数は初日と変わらず２００体前後を維持して、死体や魔石などの資源を持ち出している。

この廃坑には多種多様な虫魔物がおり、繁殖した虫魔物同士が共食いしていた。

そのために、本来爆発的に繁殖する虫魔物は、廃坑内部で一定の数を保っていた。

だが、私たちが倒した虫魔物の死骸を持ち出したことにより、共食いや死体喰いによる栄養と魔力の確保ができなくなった虫魔物たちの成長と繁殖ペースが落ち始める。

倒した虫魔物が1万体を超えた頃、廃坑上層の魔物の巣の駆除がかなり進んだ。

その後更に一ヶ月掛けて、廃坑上層の魔物を全て駆除し、中層から再び魔物が上がってこないように廃坑内の要所要所に魔物避けと結界魔法を張り巡らせ、土魔法で坑道内を補強して魔物が掘った穴を塞いでいった。

「さて、いよいよ中層ね」

「あんまり気持ちがいい場所じゃないのです」

廃坑上層の虫魔物の駆除が完了して、《アースソナー》と【魔力感知】で中層を調べる。

ここ三ヶ月で集まった虫魔物の魔石をポリポリと食べるテトは、私たちと一緒に中層に足を踏み入れる。

「やっぱり、テトが言ってた嫌な魔力は瘴気ね。空気の性質が一気に変わったわ」

もうこの段階になってくると空気の淀みだけではなく、廃坑の奥から湧き立つ澱《よど》んだ魔力――瘴気を感じることができる。

「とりあえず――《ピュリフィケーション》！」

「おおっ、魔力が元に戻ったのです」

澱んだ瘴気を魔力に分解する浄化の魔法は、とても便利だ。

魔力災害や邪悪な魔力生命体、強力な呪いに対しても有効な魔法である。

それに――

「私が考える最悪の状態が、この廃坑の奥地で発生してなきゃいいわね」

『ご主人様が想像している状況とは――【蠱毒《こどく》】でしょうか？』

「魔女様？　ベレッタの言う【蠱毒】ってなんなのですか？」

私の呟きにベレッタがもっとも近い可能性を上げ、テトがそれに対して小首を傾げている。

ベレッタが私の代わりに、テトに分かりやすいように説明してくれる。

【蠱毒】もしくは【蠱毒の壺】とは、古くから存在する呪術の一つである。

一つの小さな壺の中に大量の毒虫を閉じ込めて、互いに共食いさせ、最後に残った強力な毒を持つ毒虫を使役して、対象を呪い殺す呪術の一種である。

『――つまり、そうした呪術を廃坑内部で疑似再現しているのだと推測します』

「地脈から溢れる魔力を浴びて活性化した虫魔物が繁殖。そして、共食いからの進化や変異、大量の魔物が死んだ事による瘴気の蓄積なんかしてたら……」

最悪、国を一つ滅ぼす強大な魔物が誕生するか、それとも廃坑の奥から瘴気が溢れ出して周囲を人の住めない土地にしてしまう可能性がある。

「よく分からないけど、大変なことは分かったのです！」

ただ、深刻な状況でも底抜けに明るいテトが居ると、こんな陰鬱な瘴気の蔓延《はびこ》る廃坑内でも私の気分は少し上向く。

そして、よし！　と自分の頬を叩いて気合いを入れ直す。

「女神直々に神託で頼んできた依頼ね。テト、道はこっちで合ってるかしら？」

「魔女様、大丈夫なのです。ただ、魔物が多いし、魔女様の負担が大きいのです！」

『ご主人様、戦闘は我々に任せて、浄化作業に専念して下さい』

戦闘は、テトとベレッタに任せて、廃坑中層の探索が始まる。

廃坑の中層は、光源の《ライト》に、澱んだ瘴気の浄化の《ピュリフィケーション》、更に瘴気や廃坑内に溜まった有毒ガスから身を守る結界の《バリア》と空気を確保する魔法《エアコントロール》。更に、奉仕人形であるベレッタへの魔力補充も行なわなければならないので、私の魔力消費が激しい。

また、廃坑の中層は、人の手が入らずに大分経っているために、天井や壁の強度に不安がある部分、崩落箇所などが多数あり、その補強と道の開通などに時間を取られる。

「この探索のペースだと、一日６時間が限界ね」

私の魔力量は現在、30万を少し超えたくらいだ。

毎日【不思議な木の実】を食べ続けて、魔力量は伸び続けているために、こうして複数種類の魔法を同時に使用できる。

それでも複数の魔法を同時に、かつ継続的に使用し続ければ、魔力消費量が多く長時間の探索が難しい。

それに――

「魔女様、最近働き過ぎなのです！　お昼まで頑張ったら、一度帰るのです！」

『そうですね。上層の魔物の駆除も終わりましたし、一週間ほど休憩を設けましょう』

「ええっ……一応休んでいるつもりなんだけど……」

廃坑の魔物駆除は、一日でも休むとまた繁殖して元の数に戻ろうとする。

だが、上層の魔物の駆除が終わったのは、休むタイミングなのかもしれない。

23話【虚無の荒野への帰宅】

廃坑に籠もりっぱなしなのに、宿屋に食材を提供し続ければ、ドワーフの店主たちに怪しまれる。

そのために週に一度、食材の買い出しなどを理由に、町の外に出掛けて【転移門】で【虚無の荒野】に戻ってきていた。

だが、それは休みには入らないとテトとベレッタに言われ、一週間の強制休暇を言い渡されてしまう。

やむなく、ドワーフの店主たちに三日間の外出を伝えて、町の外から【転移門】で【虚無の荒野】の屋敷に帰るのだった。

『ご主人様、テト様、ベレッタ様。お帰りなさいませ』

「みんな、ただいま」

「ただいまなのです！」

私たちが帰ってくるとすぐに屋敷で働く奉仕人形たちがやってくる。

『ご主人様たちは、もう昼食を取られたのでしょうか？　必要なら、我々が今から準備いたします』

迎えてくれた奉仕人形からの提案を喜んで受けようと思ったのだが……

『いいえ、その必要はありません。ご主人様の食事は私が用意します』

ベレッタがそう答えると、提案してくれた奉仕人形の表情は変わらないが、少し気落ちしたような雰囲気を感じる。

役目を取られまいとするベレッタとお世話ができずに気落ちする奉仕人形の両者から感情のような物が見えた気がして、少し嬉しくなりクスリと笑ってしまう。

「気を遣ってくれてありがとうね。今日はベレッタにお願いするわ」

「次の機会を楽しみにしているのです！」

私とテトも断りを入れながら、提案してくれた奉仕人形にお礼を言うと、恭しく頭を下げて他の仕事に戻っていく。

『それでは、料理の準備をいたします。しばし、お待ちを』

「ベレッタの料理、楽しみなのです！」

そうして私とテトは、ベレッタの料理を待つ。

食材などは、外の家庭菜園で作った野菜や町で購入した食材、討伐して解体した魔物の食用部位、【創造魔法】で作り置きした調味料などを入れた【保存庫】――保冷・時間停止効果付き――があるので、そこから食材を取り出している。

私たちが不在の間、奉仕人形たちは畑で採れた野菜などを加工し、様々な物を作り置きしているようで、ベレッタはそれらを調理に使う。

『本日は夏野菜のトマトがあったので、様々な味を楽しんでいただけるようにプレートメニューをご用意しました』

そうして出されたのは、小さく山形に盛られたチキンライスとミートスパゲティー、唐揚げが2個とミニハンバーグ。それにサラダとスープ、デザートにはプリンだ。

「これは……どう見ても、お子様ランチね」

「美味しそうなのです！　いただきます、なのです！」

早速嬉しそうに食べ始めるテトに対して私は、若干表情を引き攣らせながらもスプーンを手に取る。

まさか、異世界に転生してアラフォー超えたこの年で、お子様ランチを食べることになるとはと思ってしまう。

だが一品一品は単体でも普通に食べられる物であり、実際に一口食べればどれも美味しい。

「ベレッタ、美味しいわね」

『お褒めにあずかり光栄です。ご主人様は、小柄で小食なので、一度に様々な味を楽しんで頂けるように工夫いたしました』

「美味しいのです！　また食べたいのです！」

テトがリクエストするが、私としては、この年でお子様ランチを食べるのは、なにか……そう、負けたような気がするのだ。

「わ、私としては、少量ずつ作るのはベレッタの負担になるし、この食事量だとテトは少し足りないんじゃないかな」

「むぅ、そう言われると、ちょっと足りない気がするのです」

『私に気を遣っていただきありがとうございます。ですが、そうした意見があることを失念しておりました。今後はそのように作ります』

よし、なんとか今後の定番としてお子様ランチは回避できた、と内心小さく拳を作る。

だが、本当に美味しいし、ちょっとずつ食べるのは贅沢だ。

「……けど、たまにはこういうのも悪くはないかな」

大人の精神が拒否感を覚えるのに、地球に近い食事が出たからだろうか、ちょっとだけ郷愁の念に駆られる。

その後、ベレッタから食後のお茶を受け取り、ベレッタの代理である奉仕人形のアイから【虚無の荒野】の近状を聞く。

奉仕人形たちの活動範囲は現在、この屋敷と魔力の流出を防ぐ結界内の森である。

そんな彼女たちの仕事は、屋敷の管理と家庭菜園、家畜のお世話。そして、森林の植樹の手伝いである。

また休日は、私が各地で集めた蔵書を読むだけでもそこそこ楽しめているようだ。

それに最近では、私が頼んでいる虫魔物の死骸の解体作業も加わっている。

『ご主人様、この本は本当に素晴らしかったです』

アイが目を輝かせて手に持つのは、私が【創造魔法】で創り出した書籍だ。

異世界言語に翻訳されたそれは、様々な料理のレシピだったり、家庭菜園のコツや家庭でできる草花の育て方だったり、家畜のお世話の方法だったり、家の仕事をする時のテクニックなどの本である。

『春には、この野菜を育てたいと思います。また、この花も育てたいので、ご主人様。どうか種子を頂けないでしょうか』

「わかったわ。と言うか、奉仕人形のみんなが楽しそうにしていて嬉しいわ」

話に相槌を打ちながら楽しく聞く私は、開かれた本のページに写る花や野菜の種子を【創造魔法】で生み出す。

他にも奉仕人形のアイは、ベレッタの指示で屋敷の管理の中で起こった出来事などを報告してくれる。

ただ、所々に最近孵化した家畜のヒヨコの話が入ったり、なんだか少し不器用な奉仕人形が居ることを聞いたり、それが奉仕人形たちそれぞれの個性かなと少し期待する。

『ご主人様、色々とありがとうございます。それから一つご主人様とテト様、ベレッタ様にご相談が』

「なにかしら?」

『現在、徐々に再生しつつあるこの土地ですが、虫の生息数が増えています。そろそろ次の段階かと』

奉仕人形のアイからの報告に、ついにその段階まで来たかと思い、これまでの再生の道筋を思い返し、嬉しさと共に小さく頷く。

「わかったわ。そっちの方は、私が考える」

「魔女様？　虫が増えたら、いけないのですか？」

テトが小首を傾げながら聞いてくるので、私は説明する。

「食物連鎖の下層ができて、虫の数が増えてきたからそろそろ虫を食べる生き物を【虚無の荒野】に連れてこようと思うのよ」

腐葉土やテトの体内で熟成された土やそれに混じる微生物や小さな虫が増え、【虚無の荒野】各所が、昆虫の楽園になっている。

植物の落ち葉や生き物の死骸を食べて分解するアリやミミズなどの――【分解者】。

樹木の葉っぱを食べて成長する虫である草食性の昆虫などの――【消費者】。

それらが成長しつつある中、次はそうした生き物を食べる肉食性の昆虫や、虫や木の実を食べる雑食性の動物を放とうと考えている。

「なるほど。それで何かいいことがあるのですか？」

「将来的には、その肉食性の昆虫を食べに来た鳥が森に巣を作れば、卵を産むし、狩ればお肉になるわね」

『現在は、応急的に家畜として持ち込んだ鶏を増やして、一部を野に放とうと計画しておりますが、それでは自然の多様性が生まれません』

「それはとても大切なのです！　食べ物の種類はとても大事なのです！」

基本、食べ物のことで理解するテトに苦笑を浮かべるが、私たちはそんな自然の食物連鎖の一部を分けて貰っているに過ぎない。

「とりあえず、昔リリエルに神託で植え付けられた知識があるから、【虚無の荒野】に持ち込んでも問題無い生物を探してみるわ」

『よろしくお願いします』

報告を聞いた私たちは、【虚無の荒野】で三日間の休息を取り、四日目に廃坑の町に戻るために【転移門】を潜った。

廃坑の町に帰っても、テトとベレッタに強制的に休息を取らされるのだが、その間に【虚無の荒野】に放す生き物を探そうか、と考えるのだった。

24話【子どもたちへのお願い】

【虚無の荒野】から廃坑の町に戻った私たちは、町中を歩いているドワーフの自警団たちと挨拶を交わす。

「お疲れさん。町まで行ってたみたいだな。どうだ、廃坑の調査は順調に進んでるか？」

「ええ、少しずつ進んでいるわ。依頼主に報告ついでに休んできたの」

建前としては、どこぞの誰かの依頼で廃坑を調査していることになっており、その方便を使わせてもらっているのだ。

そのために、ドワーフの自警団たちから怪しまれることもない。

また――

「そう言えば、前に預けてくれた魔物の解体が終わったがどうする？」

「魔石は取りに行くから、残りは自由にしてくれていいわ」

ドワーフの自警団と共に、魔物の解体場まで向かう。

廃坑探索している間に倒した魔物の一部は、ドワーフの自警団に解体を頼んでいるのだ。

特に休む前に、廃坑の入口付近では見られないCランクの虫魔物の死骸をドワーフたちに預けていたのだ。

「相変わらず、中々の大きさの魔石だ。わしらでも、この強さの魔物を退治するのは難しい」

「依頼でもないのに、いつもありがとうな。お嬢さんたちが魔物を退治してくれるからか、最近は俺たちの仕事が少なくて助かる」

「その分、安全になった鉱脈まで鉄を掘りに行けるし、魔物の解体の仕事を頼んでくれるからな！」

「ちげぇねぇ」

ガハハハッ、と笑う解体所に居たドワーフの自警団の人たち。

そう言って一頻《ひとしき》り笑うドワーフの自警団たちは、私たちに生暖かいような目を向けてくる。

きっと、廃坑の奥に僅かにでも残るミスリルやオリハルコンを求めていると思われたんだろう。

そんな生暖かい視線を受けながら、非番のドワーフの自警団たちから先日解体を頼んだ虫魔物の魔石を受け取る。

「いつも、ありがとうね」

「おう！　だが、これも俺たちのためになることさ！」

解体された虫魔物の魔石は私たちが受け取るが、残った有用部位は町の者たちが使う。

元々は鍛冶師を擁する鉱山の町であったために、鍛冶に精通する住人が多く居る。

また、上層の魔物駆除が進み、安全に鉄や銅が採れるようになり、最近では町中で金槌を振るう音が聞こえ、虫の外殻と金属を使った防具を作っているらしい。

また、余った素材は、大きな町まで売りに行ったりしている。

そんな小さな廃坑の町の光景を見ながら私は、テトとベレッタと一緒に宿に帰ってくる。

三日ぶりに宿に戻れば、宿屋の一家が食堂で待っていた。

「おう、おかえり！　どうだい？　昼間だけど一杯飲むかい？」

ドワーフの店主が、帰ってきた私たちを小さな酒樽と共に出迎えてくれる。

この町のお酒だろうか、酒樽から小さなコップに注いだお酒を掲げて見せてくれる。

「ごめんなさい。私は、お酒は飲まないのよ」

『私もご主人様たちのお世話をする身ですので、控えさせて頂きます』

「代わりにテトが飲むのです！」

お酒を飲める20歳を超えた私だが、体は12歳のままなのでアルコールには強くない。

一応、【身体強化】の応用で肝機能を高めてアルコールを分解すれば、飲めないことはないが、そこまでしてお酒を飲もうとは思わない。

そんな私の代わりにテトの方がお酒が好きで、たまに飲んでいるのだ。

「ほら、一杯！」

「頂くのです。こっく、こっく……ぷはぁ……おいしいのです！」

テトは、喉を鳴らしながらお酒を一気に煽り、熱い吐息を吐き出しながら上機嫌になる。

「魔女様、魔女様の持っているお酒も出して欲しいのです！」

「はいはい。それじゃあ、ブランデーでいいかしら？」

お酒を飲まない私だが、ここ十数年と冒険者として働いて貯まるお金を適度に消費するために、お酒を買い集めているのだ。

ちょっといいお値段のワインや若い蒸留酒を買ったり、【創造魔法】で創ったお酒を時間経過のマジックバッグや【虚無の荒野】の屋敷の地下室に置いて、熟成させているのだ。

私は、不老のために100年後……いや、長命種族がいるから300年後か。

そうしたお酒が一体幾らの価値になるのか、どのような味になるのか、など想像しながら、ちょっとした投資のようなものとしてお酒を集めたり、【創造魔法】で創り出して溜めている。

その中から【創造魔法】で創り出したブランデーの小樽をテトに渡すと、ドワーフの店主と一緒に飲み交わし始める。

「このお酒は、テトの目みたいな色して好きなのです〜」

「おおっ、こいつはうめぇ！　こんな酒があったのか!?」

そうして、テトとドワーフの店主が美味しそうにお酒を飲み始め、娘のアリムちゃんが興味深そうにお酒を見ていた。

「おっ、アリムも興味があるのか？　ちょっとだけだぞ？」

「これは、とっても美味しいのです！」

テトとドワーフの店主がアリムちゃんにお酒を勧める様子を、私は胡乱《うろん》げな目で見つめる。

「ちょっと、子どもにお酒を勧めちゃダメよ」

「なーに、ドワーフの子どもも酒に強いから大丈夫さ！」

種族柄、お酒に対する味覚やアルコールの分解能力が高いのか、子どもでも少量なら飲んでも大丈夫なようだ。

そして、興味津々なアリムちゃんは、ブランデーを口にし――

「わぁ……美味しい！　いい匂いがするし、凄い体が温まる感じがする！」

「うははは っ！　アリムは、酒の味が分かってるな！　だけど、酒はこれでお仕舞いだ」

お酒が入って陽気なドワーフの店主に止められて、アリムちゃんは少し不満そうに頬を膨らませる。

「私たちは私たちでお話ししましょう。ねぇ、アリム、チセさん、ベレッタさん」

テトと店主がお酒を飲み交わす一方、私とベレッタ、アリムちゃん、そして女将《おかみ》さんと共にこの町の話などを聞いたりして過ごす。

そして、テトが酔い潰れた頃に宿の一室に戻る。

入れ替わるようにして宿屋の食堂に町のドワーフたちもやってきて、夕食のついでに酒を飲み交わすだろう。

それを見越して部屋に戻る前、ドワーフの店主に量が多いお酒の小樽を渡しておいた。

「むにゃむにゃ……魔女様、ミスリルはパリパリなのです」

「もう、ホントにどんな夢を見ているのかしらね。――《クリーン》」

私に抱きつくテトに対して、お酒の匂いや一日の汚れを消すために清潔化の魔法を使い、私も寝るのだった。

そして翌朝――

「魔女様！　おはようなのです！」

二日酔いの気配もなく元気に起き上がるテトに苦笑しながら、私も起きる。

ドワーフの店主もお酒を沢山飲んだらしいが、二日酔いもなく、久々に美味しいお酒を飲めて朝から上機嫌なようだ。

「おう、おはよう。ベレッタさんが朝食を用意しているぞ」

『ご主人様の食事は、こちらです』

「わぁ、お父さん、美味しそう！」

「はははっ、アリムの分もあるからな」

宿屋の厨房を貸してもらっているベレッタは、私好みの朝食を用意する中で、ドワーフの店主さんと互いの料理のレシピを交換して交流を深めてきた。

そんなベレッタの作る料理を羨ましそうに見つめるアリムちゃんと、私たちは料理を一口ずつ交換して、楽しい朝食の時間を過ごした。

「チセちゃんたちは、今日も廃坑に行くの？」

「いいえ。流石《さすが》にずっと働きっぱなしだから、あと三日くらい休もうと思うわ」

「それじゃあ、チセちゃんたちと遊べるね！」

「これ、アリム！　お三方は休養を取るんだ。お前に付き合って疲れさせたらどうする」

ドワーフの店主がアリムちゃんを叱ると、不機嫌そうに唇を尖らせるが、私はまぁまぁと宥める。

「そう言えばチセちゃん、テトちゃん、ベレッタさん。私にお願いってなに？」

昨夜のうちに、アリムちゃんに手伝いがない子どもたちを紹介して貰えるようにお願いしたのだ。

「実はね。私たちは、生き物を探しているのよ」

「虫とかカエル、ヘビとかの生き物が居る場所を教えて欲しいのです！」

私たちは、休暇のついでに再生しつつある【虚無の荒野】の生態系の一役になる生き物を集めようと思ったのだ。

「だから、この町の周りにいる生き物のことを私たちに教えてくれる？」

「生き物なんて、そこら辺にいるのに？　チセちゃんたち変なの」

そう言って笑うアリムちゃんだが、すぐに胸を反らして自信満々に案内を引き受けてくれる。

「でも、そういう事なら任せてよ！　他の子たちも集めて、生き物を捕まえに行こう！」

アリムちゃんからの思わぬ提案だが、確かに生き物を集めるのに人手は必要かもしれない。

暇な子どもたちを集めてお願いしようと思う。

「わかったわ。みんなで生き物を探しに行きましょう」

「それじゃあ、友達を呼んでくるね」

アリムちゃんは、一緒に生き物を探してくれる友達を呼びに、宿屋を飛び出す。

子どもたちがやってくるまで私たちは宿でお茶を飲みながらゆっくりと待ち、【虚無の荒野】に運び込む生き物について相談する。

「そういえば、虫を食べてくれるなら、コウモリも何匹か欲しいわよね」

「何組かの番《つが》いで荒野に放せばきっと増えるのです！」

『外界の生物は、魔力に対する依存度が低いので、【虚無の荒野】でも問題無く活動できるでしょう。それと奉仕人形たちに、生物たちの住処を作る指示を出しておきましょう』

私たちが【虚無の荒野】に放す生き物の相談をしていると、子どもたちを集めたアリムちゃんが戻ってきた。

「チセちゃん！　みんなを連れてきたよ！　森の方に行こう！」

「アリム、怪我しないようにね」

「はーい、お母さん！」

そうしてアリムちゃん率いる子どもたちに案内されて、生き物探しに出掛ける。

「ねぇ、みんなはどこに向かってるの？」

「山の東だよ！　あっちは森があるからね！」

廃坑の町から出て徒歩10分のところに森があり、そこを目指してるのだという。

「えっとね。林の中には、色んな生き物がいるんだよ！」

ネズミにウサギ、土鳩、カモ、キツネ、タヌキ、イタチ、オオカミやクマなども居るらしい。

今回の目的は、肉食系の動物ではなく草食・昆虫食を中心とした生き物になる。

また、ヘビなどの爬虫類やカエルやイモリなどの両生類、水場に生息する淡水性のカニやエビ、貝などの水棲生物など様々な生き物も森の中で見つかるらしい。

「それじゃあ、みんなで生き物探しの競争しよう！」

『『おーっ！』』

そして、林に辿り着いた子どもたちは、私たちをそっちのけで生き物探しを始める。

私たちは、アリムちゃんと共に森を歩くのだが、私が見つけるより早くにアリムちゃんが生き物の巣穴を見つけていく。

そしてお昼頃には、子どもたちが集めた生き物が、私たちのところに届けられる。

「チセちゃん！　テトちゃん、どう凄いでしょ！」

自慢げに胸を張るアリムちゃんたちが集めた生き物は、本当に沢山いた。

カエル、ヘビ、トカゲ、イモリ、ヤモリ、モグラ、リス、ネズミ、タニシ、沢ガニ、スジエビなど様々だ。

私たちも森を歩いている間に、子どもたちが捕まえるのが難しく食用にも適したウサギや土鳩、カモ、枝木で天然のダムを作るビーバーなどを捕まえたが、予想以上に廃坑の山の周りには生き物が隠れていたようだ。
「この子たちは地面の巣穴や樹の洞に住んでたんだよ！」

「この子は、古井戸やため池に居たんだよ！」

「こっちの生き物は、川に居るんだ！」

子どもたちが捕まえた生き物を受け取った私たちは、マジックバッグから取り出した虫かごの中に種類毎に入れて預かり、子どもたちにお礼をする。

「みんな、ありがとう。それじゃあ、一匹につき銅貨1枚でいいかしら？」

捕まえた生き物一匹につき、銅貨1枚を子どもたちに渡していく。

捕まえ上手な子は、思わぬお小遣いに喜び、あまり上手く捕まえられなかった子も上手な子を羨ましそうに見つめながらも受け取った銅貨を大事そうに握り締めている。

ただ、アリムちゃんだけは少し不満そうだ。

「チセちゃん、チセちゃん。あの甘いやつは？」

「えっ？　飴玉の方がよかった？」

「うん！　甘いやつ！」

アリムちゃんが言うので、子どもたちの興味が銅貨よりも飴玉の方に向く。

以前、アリムちゃんに見せた飴玉が現れる手品――【創造魔法】なのだが――で子どもたちを喜ばせ、一人一人に飴玉をお礼に渡していく。

そうしたら翌日からは、銅貨よりも飴玉の方を求められ、生き物一匹につき、飴玉1個というルールになった。

「そういえば、チセちゃんたちは集めた生き物を何に使うの？」

突然、生き物を集め出した私たちに疑問を抱くアリムちゃんに尋ねられる。

「…………廃坑の虫魔物を誘《おび》き寄せる餌にしているのよ」

【虚無の荒野】で繁殖させるために集めたとは言えないので、そう言うしかないのが心苦しかった。

折角、捕まえた生き物を魔物を誘き寄せる餌にする。

子どもたちから『可哀想』と非難の言葉を向けられないか不安になるが——

「まぁ、仕方がないよね。チセちゃん、冒険者だもんね。頑張って」

「まぁ、僕らも川で魚釣る時に虫とか餌にするし、カニとかエビ美味しいよね」

「畑に出てくるモグラって、毛皮は小さいけど、手触りがいいから冬前に行商のおじさんに売るといいお金になるんだよね」

若干、現代日本の動物愛護的な傲慢な考えが出ていたのかもしれない。

子どもたちにとっては、身近な生き物は愛玩や興味の対象だけではなく、生活の糧の一部らしい。

転生して28年目の新たな発見に、新鮮さを感じたりした。

そんなこんなで廃坑の町で人々の逞しさに触れながら、廃坑探索の日々は続いていく。

25話【盗賊の襲撃】

休息の間、子どもたちと捕まえた生き物たちを密かに【虚無の荒野】に運び込んだ私たちは、奉仕人形たちに預けて再び廃坑探索を続ける。

濃密な瘴気が広がる中層からは、やや特殊な進化を遂げて通常よりも強力な虫魔物たちが現れ始めた。

だが、それでも私たちの敵ではなかった。

むしろ、大変だったのは廃坑内部の整備の方だった。

廃坑の奥に行けば行くほど手入れがされておらず、崩落の危険がある場所や、既に崩落して坑道が途切れた場所、虫魔物たちが開けた横穴などが現れる。

その都度、私とテトが土魔法で直したり、埋め立てて塞ぎ、澱《よど》んだ瘴気が廃坑に広がらないように徐々に浄化していく。

探索の最前線に結界魔導具を設置して、じわじわと廃坑内部の浄化を進めていく。

「魔女様～、ミスリルを見つけたのです！」

「ほんと？　良かったわね」

今日も廃坑探索の終わり際に、テトが《アースソナー》の魔法で僅かに残されたミスリル鉱石を見つけたようだ。

時折、廃坑内に残された鉱脈や掘り返された土石の中からごく僅かにミスリルを見つけることができた。

『それでは、鉱石より抽出を行ないます。――《エクストラクション》』

それを私たちがかき集めて、ベレッタの金属操作能力により、鉱石から抽出して精錬されたミスリルが手に入る。

とは言っても廃坑に残されたミスリルを掻き集めても、小指の第一関節程度の大きさにしかならないのである。

「チセちゃん、おかえり～！　今日も捕まえてきたよ！」

「みんな、ありがとうね」

その日も宿屋に帰り、アリムちゃんたちが今日探した生き物を見せてもらい、私たちも今までの冒険譚を聞かせて楽しく過ごす。

集めてもらった生き物は、【虚無の荒野】の奉仕人形たちに預けて管理を任せている。

個体数の多い生き物はそのままそれぞれに適した環境に放し、数の少ない生き物は屋敷である程度の数になるまで繁殖させてからこちらも森に放す予定だ。

「本当は、生き物たちが自然にやってきて生態系を構築できれば良いんだけどね」

最低限の生態系の構築だから、放した生き物たちが【虚無の荒野】の環境に定着するのを祈るだけである。

そんな日々が更に三ヶ月続き、季節は秋になる。

「チセちゃんたち、今日も廃坑に行くの？」

今日も宿屋から出掛ける私たちに、アリムちゃんが声を掛けてくる。

「ええ、廃坑の奥にやらなきゃいけないことがあるからね」

「テトたちも、明日の収穫祭を楽しみにしてるから早めに帰ってくるのです！」

『お手伝いのために、早めに戻ってきます』

この町に来て半年が経ち、収穫祭が行なわれる時期がやってきた。

私たちが廃坑内部に溜まった瘴気を浄化し続けた結果、清浄な魔力に変わり、廃坑の周囲に魔力が拡散したことで少しだけ周囲の土地に活力が戻った。

その結果、アリムちゃんたちによる土地への魔力補充の効果と合わせて、久々に町は豊作になったのだ。

「早く帰ってきてね！　みんな、チセちゃんたちが参加するのを楽しみにしているんだから！」

アリムちゃんに見送られた私は、苦笑いを浮かべる。

町のドワーフの住人たちは、私たちが廃坑で何をやっているのか知らない。

だが、きっと豊作の一因が私たちであることに気付いてるのかもしれない。

また、それを抜きにしてもドワーフの自警団に解体をお願いしている魔物の外殻などの素材を加工した物を町に売りに行き、臨時収入を得ているのだ。

今年は、去年よりもいいお祭りができると町の者たちが喜んでいた。

「さぁ、私たちも準備を終えて収穫祭の手伝いに加わりましょう」

「はいなのです！」

『では、私は一度【虚無の荒野】に戻り、収穫祭の差し入れを見繕ってきます』

廃坑内でベレッタは一旦別行動を取り、私とテトは廃坑の奥に移動する。

この半年の間に魔物の巣を潰して回り、平行して瘴気の浄化を行なってきた。

その結果、廃坑内部の9割の浄化と整備が終わり、それまでの間にBランク魔物は約100体、Aランクに至っては5体を確認して討伐した。

倒した虫魔物の合計も5万体を超え、残す探索範囲は地脈の噴出地点がある廃坑の最深部だけとなった。

現在は、最深部から新たな虫魔物と瘴気が出てこないように結界の強化を行ない、突入の準備だけ整えている。

そして、最深部の攻略と地脈の噴出地点の封鎖は、町の収穫祭を挟んだ後に行なう予定である。

「魔女様、そろそろ帰る時間なのです！」

「そうね。これくらいで十分かしらね」

私が無理のない範囲で緩やかに結界に魔力を注ぎ込み、強化を行なった。

時間を掛けたために魔力の消費量と回復量が釣り合い、それほど魔力を消費した感覚もなく、強大な魔物が突破できない強度になっただろう。

「ベレッタと合流して行きましょう」

「はいなのです！」

そして廃坑の入口付近に隠した【転移門】の前で待つベレッタと合流し、廃坑から出れば、いつも出迎えてくれるドワーフの自警団たちが居ない。

また、高台に位置する廃坑の入口から町を見下ろすと、各所から黒煙が立ち上っているのが見える。

「魔女様、これは火事なのですか⁉」

「燃え方がおかしいわ！　これは、襲撃による放火よ！」

『ご主人様とテト様は先に行って下さい！　私もすぐに追いつきます！』

「分かった！」

私は、マジックバッグから空飛ぶ箒を取り出して、テトを後ろに乗せて町に向かう。

ベレッタも得意の重力魔法を自身に掛けて、空中を飛び、私たちを追い掛けてくる。

空飛ぶ箒は、空飛ぶ絨毯よりも速いために、すぐに町の上空に到着する。

見下ろす町の各所に、放火によって燃える建物が見え、町の通りではドワーフの自警団と盗賊らしき人間たちが対峙しているのが見えた。

「テトは、盗賊をお願い！　私は、治療と消火をするわ」

「任せるのです！」

テトが箒から飛び降り、拳一つで盗賊たちを一撃で気絶させていく。

「さて、私もやりましょう。――《エアコントロール》《ヘヴィー・レイン》《エリアヒール》！」

私は燃える建物の周囲の空気を操り、酸素を排出して延焼を止める。

更に、火の粉が残る建物の上空から局所的な豪雨を降らせ、完全に消火を行なう。

また、それらと同時に町の通りで傷ついたドワーフの住人たちに回復魔法を掛けていく。

そして、追いついてきたベレッタと共に、空飛ぶ箒の高度を下げる。

「チセちゃんに、テトちゃん⁉　それにベレッタさん⁉」

「みんな、大丈夫？　状況を教えて！」

ドワーフの自警団が、私たちの登場に驚き見上げる中、私は状況を尋ねる。

「突然、盗賊が襲ってきたんだ！　俺たちは応戦したんだが、盗賊の方が数が多くて、町は放火されちまった」

「わかったわ。なら、私とテトが協力して盗賊の対処をするわ！　ベレッタは、自警団の人たちと一緒に、怪我人の治療と住人の安否の確認をお願い！」

『畏《かしこ》まりました、ご主人様』

そうして私たちは、盗賊の対処に回る。

住人の多くは、町の集会所に避難しており、怪我人もそこに運び込まれていた。

ベレッタが、マジックバッグにあるポーションを使い怪我人を治療する一方、私はテトと共に盗賊の捕縛を行なう。

その間、ドワーフの自警団の人たちが住人の安否確認を引き受けてくれた。

そして、町中に侵入した盗賊を粗方捕らえた私たちに、新たな報告が上がってくる。

「チセちゃん！　子どもたちの姿が見えねぇだ！」

「子どもたち!?　それじゃあ……」

その報告と共に、自警団が連れてきたのは見覚えのある子どもたちだ。

いつも【虚無の荒野】に放つ生き物を捕って来てくれた子どもたちの弟や妹だ。

そんな子どもたちが泣きながら、私たちに訴えてくる。

「ふえぇぇぇっ！　兄ちゃは、兄ちゃは、森に、森に行っただ！　姉ちゃたちに、食べてもらうために、秋の恵み、貰うって、うわぁぁぁっ！」

「アリム姉ちゃ、たちと一緒に、行った、行って、戻ってこないだ、うわぁぁぁっ！」

近くの森は時折、子どもたちが遊び、山菜を採るために入ることもあるほど安全な場所だ。

私も生き物探しの時に案内してもらった場所で、今回は収穫祭の食材を探すために子どもたちが入って行ったのだろう。

子どもたちが森の方に行ったのなら、早く探しに行かないと――

「教えてくれてありがとう。私たちが迎えに行くわ」

私は、子どもたちを安心させるように笑みを浮かべると共に、子どもたちがいないことで嫌な記憶を思い出す。

（盗賊が町の中を襲い、子どもだけが攫われる……手口が裏組織の人攫いに似てる）

昔、壊滅させた裏組織の人攫いの手口を思い出す。

村々を盗賊が襲い、それを陽動に女子どもを攫って奴隷にする手法は似ている。

まだ攫われたと決まったわけではないが嫌な予感がする。

町の方はテトとベレッタに任せて私は、ドワーフの自警団の人たちと共に森へと向かう。

「――《アース・ソナー》。子どもたちはあっちね！」

土魔法の探知で森にいる子どもたちを探し、迎えに行く。

まるで逃げるように走ってくる子どもたちを迎えに行けば、子どもたちが必死の表情で私たちに縋《すが》ってくる。

「おじさん、チセねえちゃん！　助けて！　攫われた！　アリムちゃんたちが攫われた！」

その一言で、嫌な予感が的中したことを知り、空を仰いだ。

26話【盗賊団の追跡】

森から逃げてきた子どもたちの話を聞けば、町への襲撃と合わせて森の方にも盗賊が現れ、子どもたちを攫《さら》って逃げていったそうだ。

その中には、宿屋の娘のアリムちゃんも含まれており、自分の無力さや苛立ちを感じる。

「とりあえず、町に戻りましょう」

今は目の前の子どもたちを安全に町まで送り届ける必要がある。

悔しさと攫われた子たちへの焦りを感じながらも町に戻れば、テトとベレッタたちが既に盗賊たちを捕まえて、地面に頭だけ出したような形で埋めていた。

「魔女様〜、こっちは、全部片付いたのです！」

そう言って、手を振るテトは、盗賊たちを一人も殺さずに無力化したようだ。

そして今は、ベレッタとドワーフの自警団たちによって尋問されており、詳しい話を知ることができた。

今回の盗賊たちは、ガルド獣人国で出会った【黄牙団】と同じ、元々不作で食い詰めた近隣の村々の者たちだった。

彼らは、周辺地域では珍しく豊作となった廃坑の町を襲い、食料や金品を奪うように唆《そそのか》されたそうだ。

「煽動ってことは、主犯がいるのね。それで町の被害は？」

「町長宅に保存されていた名工の魔剣が奪われ、子どもたちも誘拐されました」

「この盗賊たちは、囮《おとり》よね」

「こっちが本命なのです！」

そして、テトによって隔離された一人の盗賊は、煽動された者たちに紛れて、見窄《みすぼ》らしい格好をしていた。

だが、所持していた武器や身のこなしがタダの盗賊ではないために、テトが優先して捕縛し、ベレッタによる尋問で心を折って情報を引き出していた。

その結果、10年以上前にガルド獣人国にまで手を伸ばした人攫いの裏組織の残党であることがわかった。

ガルド獣人国とローバイル王国との外交問題により、裏組織は大幅に弱体化した。

それでも再起を図る裏組織の残党は、ガルド獣人国に盗賊【黄牙団】を送り込み、ローバイル王国内では新たな奴隷を手に入れるために人攫いを行なっているようだ。

「今回の目的は、名工の魔剣とドワーフの子どもたちだったのね」

魔剣は、戦力の底上げになるし、売れば金にもなる。

亜人種であるドワーフの子どもは、様々な用途の奴隷として人気の商品となるらしい。

そのために食い詰めた農民を煽動して囮として町を襲撃させ、その隙に名工の魔剣と子どもたちを奪って、どこかに運び出す予定らしい。

「ベレッタと町の自警団の人たちは、このまま盗賊の監視と町の警備、それからベレッタの持っているポーションで引き続き住人の治療に当たって」

『了解しました。ご主人様』

「チセちゃんとテトちゃんは、どうするんだい？」

自警団の隊長に尋ねられれば、もちろん、言うべきことは決まっている。

「盗賊を追って、攫われた子どもたちを取り戻す」

普通だったら、後手に回り子どもを攫った盗賊を追い掛けるのは、難しい。

更に、逃げ出せた子どもたちの証言によると、盗賊たちは馬を持っており、既に日も暮れようとしている。

普通だったら、諦めてしまうところだろう。

だが――

「チセちゃんなら、大丈夫だよな」

自警団の人たちは、見ているのだ。

馬よりも速く、空飛ぶ箒に乗る私たちの姿を。

また馬のように休憩を挟む必要もなく一昼夜飛べるために、どんな相手も逃さず追い掛けられる。

「アリムを、アリムをお願いします」

自警団の間から現れたのは、お世話になっている宿屋のドワーフ夫婦や攫われたドワーフの子の親たちだ。

「ええ、絶対に連れて帰るわ。行くわよ、テト!」

「はいなのです!」

私は、空飛ぶ箒の後ろにテトを乗せて、再び空に舞い上がる。

そして、大きく旋回して、上空で停滞する。

「子どもたちが連れて行かれた場所は……」

私は、箒を飛ばしながら、魔力感知の範囲を広げていく。

1キロ、5キロ、10キロ……まだ見つからない。

15キロ、20キロ……更に感知範囲を広げるほどに、爆発的に増える情報量を【並列思考】スキルで処理していくが、その情報の多さに頭が痛む。

30キロ………いた!

「東に37キロ先、移動中の馬車の中ね!」

【身体強化】の魔法でも掛けられたのか、通常の倍の速度で走る馬に牽《ひ》かれた馬車の中に子どもたちの魔力を感じた。

日が暮れるのに、子どもたちを攫った盗賊の馬車が止まる気配はない。

このまま海を目指し、船で追跡を振り切るつもりなのかもしれない。

「それじゃあ、行くのです！」

結界魔法で空飛ぶ箒の周りを覆い、空気抵抗を減らして一気に空を駆ける。

飛翔魔法を組み込んだ空飛ぶ箒から発せられる魔力光が緑の尾のように空中に残る。

時速１００キロを超える速度で、障害のない空を駆け、一直線に魔力感知で捕らえた馬車に向かって行く。

そして――

「追い付いた。テト！」

「はいなのです！　――《アース・ウォール》なのです！」

加速する空飛ぶ箒から飛び降り、慣性の勢いのまま地面を駆けるテトが大地に触れると、逃げる馬車の前方に３メートルほどの土壁が迫《せ》り上がって道を塞ぐ。

その後、悠然と空飛ぶ箒を降りた私は、テトの隣に並び、盗賊たちを見つめる。

SIDE：宿屋のドワーフ娘・アリム

「お父さん……お母さん……」

その日は、いつもよりちょっと特別な日になるはずだった。

朝起きて、宿屋のお手伝いをしてチセちゃんとテトちゃん、ベレッタさんと一緒に食事を取って、収穫祭の手伝いをして、午後からは子どもたちと一緒に近くの川や森まで足を運び、収穫祭の料理に使う食材を探し集めた。

今年は、畑や森の実りも良くて、森の恵みを沢山集めることができた。

私より少し年上の子どもは、鳥やウサギの魔物を捕まえて、収穫祭で振る舞うのを楽しみにしている。

なんとなくチセちゃんたちがこの町に来てから、私たちの生活が少し色付き始めた気がする。

そんなチセちゃんたちにも、収穫祭を楽しんでもらおうと、張り切って森の恵みを探していく。

まぁ、頑張ったらチセちゃんたちが、また甘くて美味しい飴玉を私たちにくれるかもって考えはあるけど……。

飴は、砂糖って高級品から作られるから私たちじゃ滅多に食べられない。

だから他の子どもたちは、チセちゃんから貰った飴玉を持ち帰って砕いて弟や妹、お父さんやお母さんたちと分けて一緒に舐める。

そして今年もいつもの年のように収穫祭の食材を探しに森に行くと、森の中で見知らぬ人間の大人たちと出会う。

それも——私たちに剣を向けてくる。

「逃げろ！　大人たちに知らせるんだ！」

幼馴染の男の子が私たちの前に立って、自然薯《じねんじょ》などを掘り返すためのスコップを構える。

子どもの何人かは、町に向かって走り出すが、私は怖くなって足が竦んでしまう。

その間に、幼馴染の男の子が盗賊に殴られて地面に倒れ、私たちは捕まって袋に詰められて、運ばれる。

そして、用意されていた檻付きの馬車に乗せられて、どこかに連れていかれる。

ガタガタと激しく揺れる馬車の中で子どもたちが泣き出せば、馬車の壁を強く叩かれて泣くこともできない。

『こいつらは、商品』『奴隷として売れば幾らになるか』『女7人、男が6人』『海にさえ出ちまえば、騎士団も追って来られないだろ』

そんな言葉が盗賊たちから聞こえ、人攫いにあって奴隷にされるのかと暗い気持ちになる。

心細くなり、自分の明日がどうなるか分からない不安に泣きそうになる。

お父さんとお母さんに会いたい。

そして、詰め込まれた馬車の幌の隙間から外を見れば、空はもう暗い。

一緒に捕まって殴られた幼馴染の男の子の顔が腫れている。

「だれか……助けて……」

『追い付いた。テト！』

『はいなのです！　――《アース・ウォール》なのです！』

小さく呟いた直後、聞き覚えのある声が聞こえ、地面が揺れ、馬車を引いていた馬たちが嘶《いなな》きを上げて止まる。

なに？　と更に不安が募る中、盗賊たちが騒ぎ始める。

それからしばらくの間、盗賊たちの悲鳴と怒鳴り声が響く。

私は、攫われた子たちと一緒に馬車の隅で身を寄せ合っていたが、不思議ともう怖くはなかった。

だって、すぐ傍に穏やかな笑みのチセちゃんと底抜けに明るいテトちゃんが居るのが分かったのだから。

27話【組織潰しの魔女】

商人を装う盗賊たちに追い付いた私たちは、盗賊たちの馬車の前方を土壁で塞ぎ、停止した馬車の後方に降り立つ。

土壁と私たちの出現という異常事態に慌てた盗賊たちは、こちらに武器を向けて威嚇してくる。

「これは、貴様らの仕業か！　何が目的だ！」

そう声を張り上げる小綺麗にした老年の商人風の男がこちらを睨み付けてくるので、冷ややかな目で見つめ返す。

「攫《さら》われた子どもたちを返してもらいに来たわ。大人しく投降しなさい」

「子どもだぁ？　へへっ、誰かと勘違いしてるみたいだな。この馬車に詰め込まれたやつらは、寒村から買い取った奴隷たちだ。最近この辺りの作物の実りが悪くて、どの村も食い扶持を減らすために子どもを売ってくれる。攫われた子どもなんて居やしないさ」

「奴隷商ねぇ……」

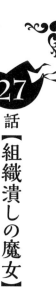

イスチェア王国やガルド獣人国とは違い、ローバイル王国では一般人の奴隷売買が認められている。

だがそれは、奴隷という名の労働者斡旋という弱者救済の制度だ。

正規の奴隷商の多くは、自らの仕事が忌み嫌われていることを理解しつつ、国に必要な悪であると分かっている。

故に、必要悪を行なうための覚悟と矜持、そしてそれぞれの美学を持っている。

白々しい嘘で軽々しく奴隷商を名乗る老年の男は、徐々に目が慣れ、この土壁を作る私たちが若い少女だと見て、欲の籠もった目を向けてくる。

「勘違いで商売を邪魔されたんだ。それなりの誠意を見せてもらわないとなぁ」

そう言った老年の男が部下に指示を出し、部下の盗賊たちがじりじりと私たちを囲もうとする。

そして、感知できる範囲の盗賊が全て馬車から離れたところで杖を掲げて、結界を張る。

「非常に不愉快だわ。――《バリア》」

「なっ⁉」

「子どもたちを人質に取られても面倒だから、先に確保させてもらったわ」

私の言葉の意味を知り盗賊が何人か馬車に向かうが、ドーム状の結界に阻まれて子どもたちのいる馬車に近づけない。

「魔女様もテトも怒っているのですよ！　子どもたちを狙うなんて……」

そう言ってテトは、地面を踏み鳴らして更に土壁を作り、盗賊を一人も逃さぬ態勢を作り上げる。

「なんなんだ。なんなんだよ、テメェらは――」

戦慄《おのの》きながら声を絞り出す老年の男に対して、私は目に魔力を集中させて、鑑定魔法を発動させる。

私の膨大な魔力を利用すれば、いくら隠蔽しようとも並の相手のステータスなど全てを丸裸にできる。

ただ、一人の人間の全てを調べるのは脳内に負担が掛かるために、【罪業判定の宝玉】と同じように人の罪悪と過去に犯した犯罪だけを調べ上げる。

――【詐欺】【誘拐】【窃盗】【強盗】【殺人】など諸々の罪が私の前で暴かれる。

「ああ、名乗り忘れていたわね。私たちは冒険者パーティー【空飛ぶ絨毯】――魔女のチセよ」

「同じく、テトなのです！」

その名乗りに多くの盗賊が身構える。

「てめぇらが【空飛ぶ絨毯】!? まさか、ホントに、あのAランクパーティーの!?」

戸惑いながら構える盗賊たちの反応を見て私は、溜息を吐く。

「ホント、あの町じゃ知る人は居なかったけど、盗賊たちに知られているのは、何だか複雑な気分ね」

「はっ、てめぇらなんて知るか！　死ねぇぇっ！」

一人の盗賊が我慢しきれずに、私たちに襲い掛かってくる。

私は、襲ってきた盗賊に向けて手を掲げ、無詠唱の《サイコキネシス》で武器を抑える。

空中で停止した武器に驚く盗賊に対して、手の関節が曲がらない方向に武器を動かして奪い取り、武器を手放したところでテトが殴り倒す。

「ひっ⁉　こいつら、殺しやがった！」

「失礼ね、殺してはいないわよ。気絶させただけよ」

それに私たちが受けた盗賊の討伐依頼の殆どは、生きたまま捕縛して各都市の衛兵に引き渡している。

その結果、死刑や鉱山送りとなって死んだ人間はいるだろうが、積極的に人を殺した記憶はない。

「怯えるな！　戦え！　殺せ！　畜生、なんでお前らみたいな上位冒険者がここにいるんだよ！　また俺たちの邪魔をするのか！　【組織潰しの魔女】が！」

「へぇ、盗賊……いえ、裏組織の間では、そんな風に言われているのね」

ガルド獣人国で発生した裏組織などは、徹底的に摘発と壊滅をしてきた。

人攫いの裏組織の他にも違法薬物の売人や盗賊団などを見つけ次第、各都市の衛兵たちと協力して潰し回ったが、裏の人間からそう呼ばれているのを初めて知った。

二十年以上冒険者稼業をやって恨まれた結果、暗殺者を差し向けられたのは、一度や二度じゃない。

だが、【虚無の荒野】という神々の大結界によって守られた場所に逃げ込める私たちは、追い詰められることはなかった。

「まぁ、どうでもいいことね。子どもたちは無事に町に帰して、裏組織の人間は捕まえてこの国の騎士団に引き渡す。今回は、たまたま私たちが居合わせた不運を呪いなさい」

「ふざけるな！　てめぇが俺らの組織の支部を潰し回ったせいで、国にも睨まれて商売あがったりだぞ！　俺たちがどんな思いをして組織を立て直したと思ってるんだ！」

私たちが裏組織の支部を潰し回った時のことを知っているのだろう。

怒り心頭の様子だが、当人自身は老いにより私たちと張り合えないことを分かっているようで、傍に控える男に指示を出す。

「俺は、こんなところで終われるかよ！　おい、ギルバード！　やっちまえ！」

「楽な仕事かと思ったら、とんだ化け物が相手かよ。だが、うちの組織の仇だろ？　こいつらを倒して捕まえたら、あんたの幹部の席を俺に譲ってくれないか？」

一歩前に出てくるのは、護衛風の若い男だ。

体は鍛えられており、魔力量もそこそこあり【身体強化】も扱える。

だが、裏組織の支部を壊滅させた時に対峙したAランク級の幹部と比べれば見劣りする。

精々、強さとしてはBランク冒険者と同程度だろうか。

「ああ！　あの化け物を倒せば、お前が次の幹部！　いや、次期ボスに推薦してやる！」

老年の裏組織の幹部が大声で宣言すると、言質《げんち》は取ったと言わんばかりに凶暴な笑みを浮かべ、長剣を引き抜き、私に斬り掛かってくる。

そんな裏組織の幹部と若い男のやり取りを冷ややかに見つめる私は、再び手を掲げて張った結界で攻撃を受け止める。

「なにっ⁉」

「魔法使いがノコノコと相手の目の前に出てくるんだから、対策くらいしているに決まっているわよ」

そう呟く間にも、結界を壊そうと長剣で何度も斬り掛かるが、その程度ではビクともしない。

並の魔法使いが全魔力を使って作り出す結界よりも魔力を籠めているのだ。

たかだか、Bランク程度の実力で壊せる強度ではない。

「ふぅ――《エア・バレット》」

「がはっ……」

結界を壊すのに夢中になっていた若い男の腹部に圧縮した空気砲を放つ。

小さな弾丸サイズに圧縮された空気がぶつかった瞬間に膨張して、若い男が激しく後方に吹き飛ばされる。

だが、腐ってもBランク相当の実力者ということか、後ろに飛ぶことで衝撃の勢いを殺している。

「テト、こっちは私がやるから、他の人たちはテトが抑えて」

「分かったのです！」

そして、テトは足踏みする盗賊たちに【身体剛化】で上がった速さで近づき、鞘に収まった魔剣で殴り倒して行く。

その間も、私と若い男は睨み合いを続ける。

「てめぇ、ガキみたいな見た目して中々やるじゃねぇか」

「人を見た目で判断しない方がいいわよ。それとあなたの方は、中途半端に強くて、手加減が難しいわね」

「手加減……だと……」

挑発のし合いだと思って軽口を叩いたが、事実、目の前の男を捕まえるには手加減が難しい。

テトが相手している盗賊程度なら、捕縛用の魔法を使えば、容易に拘束できる。

だが、Bランク以上の実力者となると下手な拘束魔法では、避けられたり、力業で突破される。

「裏組織に詳しそうだから、全員生きたまま騎士団に引き渡したいわね」

ただ殺すだけなら、急所を破壊すればいいので一定の技量を持つ者にとっては簡単だ。

逆に生かしたまま捕らえるというのは、圧倒的な強さと、生かすための工夫と技術がいる。

「俺を、中途半端だと……生かしたまま、引き渡す、だと！　ふざけんな！　この【暗剣】のギルバード様を！　馬鹿にしやがって、クソが！」

挑発のし合いでここまで激高するとは、沸点が低いのではないだろうか。

更に、この程度の実力で【暗剣】なんて二つ名に思わず、鼻で笑ってしまい、更に激高されてしまう。

「折角、手に入れた戦利品をここで使うとは思わなかったぞ！」

盗賊の男が引き抜くのは、腰に下げたもう一本の剣の方だ。

男が先程まで使っていた剣は、それなりの業物だろうが、その剣は、更に格の高い魔法武器だろう。

だが、それと同時に禍々しくもある。

「それは、町長の家から盗んだ魔剣ね」

「その通りさ！　あんまりに危険だからって言ってあの町長がずっと隠し持ってた呪われた魔法武器さ！　噂じゃ、代償さえあれば、とんでもない力が手に入るって話だ！」

「なら来なさい。格の違いって物を見せてあげるわ」

私は悠然と杖を構え、禍々しき呪われた魔剣を持つ盗賊の男を迎え撃つ。

28話【呪いの魔剣】

呪いの魔剣は、盗賊の男の魔力を吸って妖しく輝く。

どうやって作ったら、あんなに禍々しい武器が生まれるのだろうか。

多くの名剣を生み出した廃坑の町が生み出した闇の一端なのかもしれないと思っていると、盗賊の男が斬り掛かってくる。

「速いわね」

「どうした！　手も足も出ないか！」

先程よりも数段、速度を上げて、様々な角度で結界を斬り付けてくる。

その度に、結界の表面が軋みを上げ、私は結界を破られないように一定の距離を保つように回避行動を取りつつ、冷静に分析する。

「強さとしては、【身体剛化】を覚えたAランク冒険者に匹敵するほどね」

武器一つで多くの冒険者が超えるのを苦労するAランクとBランクとの壁を超えることができたの

は、凄いことである。

呪いの魔剣の力は、使用者の魔力と引き換えに身体強化するものだろうか。

だが――

「呪いの魔剣の力は、ただの使用者の強化じゃないわね。――《ウィンド・カッター》」

「この魔剣の真の力は、斬れば斬るほど力を増す、究極の魔剣なのさ！　これでテメェを殺して俺は魔剣から更なる力を得る！　とっとと死ねぇぇぇっ！」

牽制として放った風刃を魔剣で弾き、高まった身体能力で躱し、更に斬り掛かってくる。

こちらも魔剣で防げない様々な角度から風刃を放ちつつ、剣撃の回避を続ける。

前衛の剣士と後衛の魔法使いの接近戦は、後衛の私側が圧倒的に不利である。

そして、【暗剣】などと言う二つ名を名乗る通り、振るわれた剣がうねり、予測不能な動きをして、結界を斬られていく。

振るわれた魔剣が結界に触れる度に、魔剣の威力で結界が軋みを上げ、遂に結界が破られる。

「これで終わりだ――死ねぇぇぇぇっ！」

全力で振り上げた魔剣が振り下ろされる。そして――再び結界に弾かれた。

「はっ？」

「馬鹿ね。誰が結界は、一枚だと決めつけていたの？」

「なに、ガハッ！」

再び圧縮した空気砲を放てば、先程の繰り返しのように後方に吹き飛ばされる。

「私は、常に複数の結界を重ねて発動させているのよ」

「多重、結界……だと……」

一枚一枚が並の魔法使いの全力の結界だ。

それを複数枚張って守られた私は、一枚を壊している間に、新たに結界を張り直せる。

「今のあなたが、私に攻撃を届かせるのは不可能よ」

私は、淡々と事実を積み重ねて相手の心をへし折りに掛かる。

魔剣を持つ男も全力の打ち込みで壊した結界が、目の前で修復されるのを見て、信じられないような目をしている。

「そんな……これが【組織潰しの魔女】の力……」

既に、老年の裏組織の幹部は諦めたように膝を突いている。

「さぁ、大人しく投降しなさい」

「ちっ……そうだな。今のままなら、てめぇを倒せないな。だが――！」

男は舌打ちしながら、更に魔剣に魔力を送り込む。

「俺は、俺はまだ戦える！　魔剣よ、もっと俺に力を寄越せぇぇぇっ！」

更に魔剣に魔力を送り込むと、魔剣の妖しい輝きが増し、使用者の男の体に変化が見られる。

体は徐々に肥大化して一回り大きくなり、体の色が赤黒く変色していく。

また体の肥大化に合わせて、魔剣もそれに相応しい大きさになるように禍々しく成長する。

「フハハハッ、更なる力だ！　これでお前を殺せる！」

「更に力を得て、見た目も変わったじゃない。見るからに人を辞めてるわね」

肥大化した筋肉により服が破れ、まるでオーガのような見た目になる。

変異した高揚感のまま振り下ろした魔剣が地面を砕き、衝撃波を引き起こす。

『『ぎゃぁぁぁぁっ――――』』

「くそっ！　ギルバード！　俺たちまで巻き込む気か！」

テトが相手をしていた他の盗賊たちも衝撃波に巻き込まれて、地面を転がる。

私は、子どもたちが居る馬車を守るために、そちらの方に移動し、更に魔力を注ぎ結界を強化する。

テトは、無力化して地面に捕らえた盗賊たちを傷つけられないように、魔剣の盗賊の男から距離を取るように移動させている。

「これで、まだ殺せないか！　なら――――」

私から向きを変えて、老年の幹部に剣先を向ける。

「おい、ギルバード！　なぜ、俺に剣を向ける！」

「人を斬れば斬るほど力を増すんだ！　どうせ俺に幹部の席を譲るなら、俺と魔剣の糧になれぇぇぇぇっ！」

「ひぃぃぃぃぃっ――――！」

老年の幹部が怯えて後退りするが、振り下ろされた魔剣は結界に阻まれる。

「みすみす、魔剣が強くなるのを見過ごす訳ないじゃない」

私は、裏組織の幹部や他の盗賊たちを守るように幾つもの結界を張る。

「た、助けてくれ！　まだ死にたくない！」

「あなたたちは、裏組織の重要参考人よ。まだ死なせる訳にはいかないわ」

「クソがぁぁぁっ！　俺の邪魔をするなぁぁぁぁっ！」

肥大化した体と腕力で魔剣を振り回し、四方八方に衝撃波が飛び交う。

その威力に砕ける結界も何枚もあるが、その都度結界を張り直して防ぐ。

「テト、抑えるわよ」

「了解なのです」

『『――《アース・バインド》（なのです）！』』

私とテトが地面に手を突きながら唱えると、地面から土の腕が伸び、魔剣の盗賊を抑えようと捕まえる。

「がぁぁぁぁぁっ――」

魔剣の盗賊は、咆哮を上げながら我武者羅に腕を振るい、自身の肉体だけで土の拘束を崩して抜け出して目に付く人に襲い掛かろうとする。

だが、私とテトが際限なく生み出し続ける土の腕が魔剣の盗賊の邪魔を続け、徐々に土の拘束で身動きが取れなくなっていく。

「もっとだ！　もっと俺に力を寄越せぇぇぇっ！　魔剣よぉぉぉぉっ！」

男が魔剣に魔力を注ぎ、更に力を得て、土の拘束が徐々に崩される。

「もう無理だ！　あんなのに勝てっこない！」

裏組織の幹部の男が諦めの声を上げるが、私とテトには、もう決着が見えている。

「がぁぁぁぁっ！　――――く、ひゃっ、ぎゃぁぁぁぁっ！」

魔剣から限界以上に力を引き出そうとして魔力を注ぎ続けて、遂に本人の魔力が尽きたようだ。

だが魔剣の力は、魔力が尽きても止まることはなく、今度は男の生命力まで奪い取っていく。

肥大化した体が徐々に萎み、体は痩せ細り、髪は徐々に白くなり、顔も老け込んでいく。

「離れろ！　離れろ！　なんで、離れないんだ！」

呪われた装備は外せない、という言葉が頭を過《よ》ぎる。

どうやらあの呪いの魔剣は、魔力を捧げ続けることで使用者に力を与える。

その代わりに魔剣は、使用者の手から離れないようだ。

そのために使用者が扱える以上の力を引き出すと、それを維持するための消費魔力も増え、その魔力を支払えなければ生命力を代わりに奪っていく。

魔剣の力を維持し、魔剣に命を奪われないために、他の存在を斬って魔力や生命力を奪わなければならない――殺戮《さつりく》の剣なのだろう。

「助けてくれ、死にたくない！　死にたくない！」

私は、こんな男でも死なれては寝覚めが悪いために――

「はぁ――《ウィンド・カッター》」

静かに唱えた魔法は、鋭利な風の刃となって、盗賊の両腕の肘から先を斬り落とし、両腕が魔剣と共に宙に舞う。

「ぎゃぁぁぁぁぁぁぁっ！　腕が！　俺の腕が！」

「うるさい。――《シャドウ・バインド》！」

【原初魔法】スキルに含まれる【闇魔法】を使い、物理的に干渉力を得た影を操作して体を拘束して口を塞ぐ。

「さて、処理をしておかないとね。――《ヒール》」

口を影で押さえられた魔剣の盗賊は、腕を斬り落とされた痛みにくぐもった呻き声を上げるが、構わず手を翳《かざ》す。

応急処置の【回復魔法】で両断された肘先の傷口が塞がり、僅かに肉が盛り上がる形で皮膚が張る。

そして、その間に地面に落ちた魔剣を握る男の両腕は、腕に残った生命力を吸われて一瞬でカラカラに干涸《ひか》らびてしまう。

「んーっ⁉　んんっ！　んんんんんっ！」

治療された肘先と干涸らびた自身の腕を見た魔剣の盗賊は、更に呻き声を上げて暴れる。

だが、私の膨大な魔力で干渉力が強化された影を魔剣の盗賊は打ち破れない。

「よかった。子どもたちに見せないように結界を張っておいて」

こんな拷問紛いの方法で無力化する私の姿を子どもたちに見られなくて良かったと思う。

腕が切断された場合の回復魔法の定石としては、傷口を塞がずに切断した腕をくっつけてから治療する。

だが今回、繋げる腕が魔剣によって干涸らびてしまったために、繋ぎ合わせることができずにそのまま両腕の傷口を塞いだのだ。

回復魔法の定石から外れた治療行為は、くっつける腕がないのだから仕方が無い。

それに副次的な効果としては、盗賊の心をいち早く折るのに有効な手段だ。

塞がった傷口に回復魔法は効かない。だから、この盗賊の腕を元通りにするには、高度な再生魔法で新しく生やすか、高価な欠損部位回復の魔法薬が必要になる。

「んんっ！　んんんんんっ！」

腕が切り落とされた痛みと両腕が無くなった精神的なショックで男が白目を剥き、失禁して倒れる。

「それにしても生命力を吸い取る魔剣ね。恐ろしい力だけど、正直危なっかしくて要らないわね」

地面に落ちた魔剣に対して、浄化魔法の《ピュリフィケーション》を使えば、魔剣の呪いも消えるだろう。

だが魔剣の力は、呪いと密接に絡んでいるために、呪いが消えれば魔剣も連動して崩壊するだろう。

「呪いの魔剣や外法《げほう》に頼って強くなったところで、ロクな結末は迎えそうに無いわね」

昔対峙した【悪魔憑き】によって力を得たBランク冒険者や、呪いの魔剣で力を高めた盗賊の男など、代償が大きすぎる。

「やっぱり、地道に地力を付けて行くのが一番ね。それに残して封印するくらいなら消しちゃった方がいいわよね。――《ピュリフィケーション》！」

私はそう呟き、呪いの魔剣に対して浄化魔法を発動する。

禍々しい瘴気が浄化されて正常な魔力に戻り、魔剣自体が鳴くように軋みを上げて、刀身が三つに砕け散る。

そして、禍々しい刀身から色が抜けるように、美しいミスリルの銀色が現れる。

これで、もうこの魔剣は問題無いだろう。

「あ、勝手に浄化しちゃった。町長さんに確認取るの忘れてた……」

まぁ、怒られたら怒られたで素直に謝ろう、と思いながら、折れた魔剣を布で包んでマジックバッグに仕舞い、辺りを見回す。

「魔女様～、こっちはもう終わったのですよ～」

「……テト、お疲れ様」

「はいなのです！」

後ろからそっと抱き締めてくるテトに首だけで振り返る。

私が魔剣の処理をしている間、テトは黙々と盗賊たちを捕まえていたようだ。

その後、私が【創造魔法】で創り出した手錠と鎖で捕縛し直して、いつものように土魔法の檻に閉じ込めていく。

そして、ようやく盗賊の処理が終わったところで私は、馬車の周りの結界を解き、馬車の中を確かめる。

「チセちゃん、テトちゃん……」

薄暗くてよく見えない馬車の中には、膝を抱えて寄り集まっている子どもたちがいた。

その中にいるアリムちゃんがか細い声で私たちの名前を呼ぶので、安心させるために、声を掛ける。

「もう大丈夫よ。助けに来たから」

「ちゃんと町まで連れて帰るのですよ！」

『『『うわぁぁぁぁぁぁっ！』』』

子どもたちが一斉に泣き出す。

攫《さら》われ、自分たちがどんな目に遭うか分からない恐怖と不安。そして、泣き喚くことを許さない盗賊の存在。

そうした抑圧する存在が倒され、救い出されたことへの安堵に子どもたちが感情を爆発させる。

私とテトは、それが落ち着くまで無言で受け止めるのだった。

29話【盗賊捕縛の事後処理】

子どもたちを助け出した私たちは、危険な夜でも空を飛んで町まで帰る。

「うわぁぁっ、凄い、凄い！」「チセちゃん、凄い魔法使いだったんだ！」「空を飛んでる！」

空飛ぶ絨毯に乗った私とテトは、子どもたちを乗せた馬車と盗賊たちを捕まえた檻を浮かせて進んでいく。

空を飛んでいると言っても高さ数メートルで、速さも子どもたちが怖がらないスピードだ。

途中、子どもたちのために食事や休憩を挟みつつゆっくり進めば、夜明け頃には町に戻ってくることができた。

「みんな、起きて。町に着いたわよ」

疲れて馬車で寝てしまった子どもたちに声を掛けると、寝惚《ねぼ》け眼《まなこ》を擦りながら起きてくれる。

「なんだ、あれは！」「空飛ぶ絨毯と馬車⁉　行く時は箒だったのに⁉」「それより、子どもたちだ！」

馬車の外の騒がしさに目が覚めた子どもたちが町に戻ってきたことに気付き、馬車から身を乗り出して大きく手を振っている。

「お父さん！　お母さん！」

「「――アリム！」」

攫《さら》われた子どもたちが、次々と自分の家族のもとに駆けていく姿を見つめる私たちの所にベレッタがやってくる。

『ご主人様、テト様。お帰りなさいませ』

「ただいま、ベレッタ」

「ただいまなのです！」

こうして一仕事終えた後で、ベレッタに出迎えられると、何だか安心したように力の抜けた笑みが零れてしまう。

そうして、子どもたちの帰還に町が賑やかになる中、町の纏め役をやっている町長のドワーフの老人がやってくる。

「ありがとうございます。なんとお礼を言ったらいいか……」

「子どもたちを守るのは、大人の務めだからね。気にしないでください」

12歳で体の成長が止まってしまった私に言われて、何とも困ったような表情を浮かべる町長だが、そんな彼を気にせずに今後の話をする。

「それより奪われた魔剣のことなんですが……」

そう前置きを入れて、マジックバッグから浄化して折れた魔剣を取り出すとドワーフの町長が目を見開く。

「人の生気を吸い取る危険な呪われた魔剣だったので、勝手に浄化しました。許可も取らず、すみませんでした」

「……これは強さに囚われた名工――わしの祖父が己の血と命を捧げて作り上げた呪われた魔剣じゃ。今まで何度も浄化しようと教会の聖職者を派遣してもらったが、誰一人浄化を成功させることができなかった。むしろ、感謝しております」

折れた魔剣の柄を持ち、町長がそう呟く。

ドワーフの町長が魔剣に対して心の整理を付けるのを黙って見守り、落ち着いた所で改めて捕まえた盗賊の処遇について尋ねる。

「捕まえた盗賊に関してですが、どのような話し合いになっていますか?」

「夜明けと共に、町の若い者が馬に乗って近くの町まで助けを呼びに行く予定でした」

元鉱山の町ではあるが、廃坑となり村の規模にまで縮小している。

駐在する騎士なども居らず、盗賊たちを捕らえておく牢屋もなく、適切に裁くこともできない。

それに、これだけの規模の盗賊たちを養う余裕もない。

何より――

「おらっ!　てめぇら!　よくも俺たちの町を襲ってくれたな!」「出てきやがれ!　俺が殺してや

る！」「全員、この町を襲ったことを後悔させてやる！」

血気盛んな自警団のドワーフたちが盗賊たちを捕らえた檻に鞘に入った剣や槍の柄、蹴りを入れている。

一応あの程度じゃ檻は壊れないがこのまま置いておくと、感情に走った自警団が私刑を行ないそうだし、それに抵抗した盗賊からの反撃にも遭いそうだ。

「私たちがこのまま近くの町まで運んで騎士団に盗賊たちを引き渡してきます。なので、騎士団とも円滑に話を進められる人物を出してくれますか？」

「わかったわい。チセ様たちが盗賊を連れて行くから案内を頼む。一緒に付いて行ってくれ！」

纏め役の町長の息子と自警団の隊長、二人のドワーフが私たちに同行してくれる。

町長の息子と自警団の隊長を馬車に乗せ、ベレッタも私たちに同行させて、町を襲ってきた食い詰めた農民盗賊も一緒に連れて近くの町に向けて出発する。

それから近くの町に辿り着いたのが、午後の三時頃だ。

そこそこ人の出入りが大きな町で不審な浮遊物があるために町を守る騎士と衛兵たちがやってくる。

事情を説明して、町中に入り、裏組織の構成員と食い詰めた農民盗賊たちを引き渡す。

また、盗賊たちを【罪業判定の宝玉】で罪を確かめると共に私たちも確認され、詳しい事情聴取などが行なわれた。

最後に、盗賊たちの完全な引き渡しが完了し、捕縛した盗賊に懸かった懸賞金の受け渡しが行なわれた。

特に、裏組織の幹部と両腕を切り落とした魔剣の盗賊・ギルバードには、ローバイル王国とガルド獣人国での人攫いと近年の不作で食い詰めた農民たちの煽動により、多額の懸賞金が懸かっていたのだ。


その懸賞金を受け取った時には、既に夜になっていた。

「流石《さすが》に……昨日の夜から寝ずに動いていたから疲れたわね」

「なのですね。どこか宿に泊まって明日帰るのです」

『ご主人様、そう思い、先に宿屋の確保をしておきました』

一日中、働き詰めだったので流石に疲れた。

眠気で目がしばしばする。

「すまねぇな。俺たちの町のことなのに、全部任せちまって……」

そんな私に謝る町長の息子と自警団の隊長だが、私は全部やっていない。

「二人が居てくれて良かったわ。話がスムーズに済んだからね」

Aランクパーティーの【空飛ぶ絨毯】としての知名度と実績はある。

だが、私たちの容姿から確認で手間取られることも多いのだ。

そこで廃坑の町の信頼できる人間が同行し状況を説明してくれたことで、私たちの素性とは関係なく、とりあえず盗賊の処理をスムーズに進めることができた。

「それじゃあ、美味しいご飯を食べて、明日帰りましょう」

「収穫祭をしないといけないのです！」

『懸賞金も出たので、帰る前にお土産などを買うのはいかがでしょうか』

ベレッタの提案に私たちは、それはいいと思い、明日の計画を練る。

だが、この町のギルドマスターに私たちの存在が伝わり、面会に1日。

更に、他国で有名なAランク冒険者が訪れたことを聞いた町を管理する領主との面会で1日。

更に、更に、ラリエルやリリエルたちを祀る五大神教会の神父様に、私たちの滞在が知られて面会で1日。

合計3日も足止めされることになった。

「はぁ、やっと帰ることができる……」

「疲れたのです。宿の美味しいご飯が恋しいのです！」

『お疲れ様です、ご主人様、テト様。ここまで日数が経ちますと、収穫祭はもう終わっているかもしれませんね』

町を出た私たちは、空飛ぶ絨毯と荷馬車に乗ってぼやく。

私たちの都合に巻き込まれて、思わぬ滞在の延長をした町長の息子と自警団の隊長には、申し訳なく思う。

「チセ様とテト様、すごい人だったんだな」

「廃坑に入る物好きな子たちかと思っていたが、思った以上の大物だった」

すっかり町にふらりと訪れた物好きな冒険者から、Aランク冒険者の三人組——まぁ、正確にはべレッタは冒険者ではないのだが——と凄さが伝わってしまった。

そんな彼らは、私たちの都合で振り回してしまったので、町のために買ったお土産を荷馬車にドッサリと詰めて、帰っている。

そうして、思わぬ人攫い騒動を解決した私たちは、町に戻るのだった。

余談であるが、人攫いの裏組織の幹部を捕まえたことで、今まで規模を縮小しつつも逃げ続けていた裏組織の全貌が判明し、ローバイル王国の騎士たちの手によって組織は壊滅させられた。

その裏組織の壊滅の切っ掛けを作った人物として、冒険者パーティー【空飛ぶ絨毯】の名前は、この国でも記録されるようになった。

30話【廃坑の町の収穫祭】

空飛ぶ絨毯に乗る私たちとその後ろに引っ張るようにして浮かべた荷馬車にドワーフの町長の息子と自警団の隊長が乗り、廃坑の町に帰ってきた。

荷馬車には、町で買った沢山のお土産が積まれ、廃坑の町まで戻ってくると、早速出迎えの声が響いてくる。

「おーい、おかえりなさーい！」

小さな体で大きく手を振るアリムちゃんの声に、町の入口を見張る自警団の人たちや、家の中にいた町の住人たちも気付き、外に出てくる。

そして、程なくして町に到着した私たちは、アリムちゃんたちとの再会を喜ぶ。

「チセちゃん、テトちゃん、ベレッタさん！　お帰りなさい！」

「ただいま、アリムちゃん」

「町でお土産いっぱい買ってきたのです！」

私は素直に再会を喜び、テトは後ろの荷馬車に載ったお土産を自慢する。

「わぁ、お土産ありがとう！」

『もう平気なのですか？』

荷馬車に積まれたお土産を覗き見て声を上げるアリムちゃんに、ベレッタは心配そうに声を掛ける。

子どもたちが、人攫《ひとさら》いにあったことを引き摺ってないか心配しているのだ。

「私たちはもう平気だよ！　それより、チセちゃんたちを待ってたんだからね！」

「私たちを待ってた？」

「うん！　だって、みんなのために頑張ってくれたチセちゃんたちが居ないまま、お祭りなんてできないよ！」

アリムちゃんの言葉に、集まってきた町の人たちがその通りだと頷いてくれる。

どうやら、私たちが帰ってくるまで収穫祭を遅らせていたようだ。

「さぁ、行こう！」

「ええ、分かったわ」

私は、アリムちゃんに手を引かれて、町の広場に向かう。

私たちが町に帰ってきたことが知られ、次々と町の住人たちから声を掛けられる。

「チセ様方、お帰りなさいませ。皆様が帰ってきましたので今から収穫祭の準備をします。夜までごゆっくりとお待ち下さい」

そう言った町長さんは、慌ただしく収穫祭の準備を始める町の人たちの指揮を執る。

いつでも始められるように段取りを決めていたのか、スムーズに料理を作り始めていく。

各家庭の台所から料理のいい匂いが漂い始め、荷馬車に沢山積まれたお土産やお酒の樽が運び出され、子どもたちもお皿の準備などを手伝う。

そんな中で、待たされる私たちだが――

「私たちも手伝った方がいいわね」

「テト、美味しい食材探してくるのです！」

『奉仕すべき私が、このような対応を受けるのは、メイドの沽券に関わります。私たちもお手伝いに回りましょう』

ゆっくりとしてくれ、と言われてもただ待っているだけでは心苦しい私たちは、手伝いに回る。

早速テトは、狩りをするために近くの森に駆け出したが……まぁ、夜前には戻ってくるだろう。

「で、ですが……」

「いいのよ。待ってるより、一緒に作った方が楽しいじゃない」

町長さんがそう気遣うが、私はいい笑みを浮かべて答える。

『とは言え、我々が今の作業を手伝うと逆に準備の邪魔になりかねません。ここは、我々で料理を何品か作る程度に留めた方がよろしいかと』

「じゃあ、そうしましょう」

ベレッタと一緒に、宿屋の調理場の一角を借りる。

「チセさんとベレッタさんが使うのは問題ないが、本当に手伝うんか？」

宿屋の主人であるアリムちゃんのお父さんがそう訊いてくるので、苦笑いを浮かべながら頷く。

「やっぱり、見てるだけじゃつまらないからね」

『ご主人様、何をお作りになりますか』

「うーん。そうね……クッキーなんてどうかしら？」

他の料理場では、祭り用の大皿料理や酒のお摘まみ、あとはスープ類が多く作られている。

だが、少々大人向けと言うか酒飲み向けのラインナップが多く、子ども向けのお菓子を作っている様子は無かった。

『よろしいのではないでしょうか？　作るのに必要な食材はこの町でも集められますし』

小麦粉、山羊のミルクからバター、鶏の卵、砂糖の代わりのハチミツと作ろうと思えば作れるだろう。

「それじゃあ、プレーンのクッキーを可能な限り作りましょう」

『では、食材を用意しますね』

マジックバッグから必要な食材を取り出し、クッキー作りを始める。

バターと砂糖と少しの塩を練るように混ぜて、そこに卵黄を入れて更に混ぜ、小麦粉と混ぜて生地を固めたら一纏めにして馴染ませる。

その間に、生地作りで余ってしまった卵白に目を向ける。

「こうしたお菓子作りって、余った卵白が勿体ないのよねぇ」

クッキー作りで卵の卵黄を分けた時に使わない卵白だけが残ってしまった。

『そちらは、砂糖を加えてメレンゲクッキーにするのがよろしいのではないでしょうか？　また、卵スープの材料にもなります』

「うーん。そうね。じゃあ、その二つを作りましょう」

私はメレンゲクッキーを、ベレッタは卵スープを作り始める。

私は、卵白に砂糖を加えて、混ぜ合わせてメレンゲ作りをする。

普通ならボウルの中の卵白を泡立て器でシャカシャカと混ぜ続けるが、そこは魔法使いである。

風魔法で起こした旋風の回転により、卵白を混ぜ合わせて、あっという間にツンと角の立つメレンゲが完成した。

ベレッタの方も、鳥の骨から出汁を取り、適当な野菜と卵白を入れてかき混ぜ、塩こしょうで味を調えて完成である。

『ご主人様、味見を』

「わかったわ。あっ、美味しい。優しい味ね」

収穫祭のお酒で二日酔いしたような人の胃に優しい感じだ。

まぁ、二日酔いしたドワーフを見たことはないのだが……

「あっ、そろそろオーブンが温まってきたようね」

借りている宿屋のオーブンに、クッキーを入れて焼き上げる。

型抜きなんて便利なものは用意していないので、棒状に纏めた生地を魔法で同じ厚さに切り分けて並べたのだ。

そして、焼き上がったクッキーをオーブンから取り出せば、ふんわりとバターと砂糖の香りが周囲に広がる。

「お父さん、お母さん、手伝いに来たけど……なんか良い匂いだね」

宿屋の店主が作る収穫祭の料理を運びに来たアリムちゃんが、クッキーの香りに厨房の奥を覗くと私たちが料理をしているのを見つけて、プクッと頬を膨らませる。

「チセちゃんたちは、大事な恩人さんだよ！　ゆっくりしてていいんだよ！」

「なんと言うか、待ってるのは性に合わないのよね。ほら、味見――あーん、して」

私は苦笑いしながら、できたクッキーを一枚摘まみ、アリムちゃんの前に差し出す。

そして、差し出されたクッキーのバターの香りを嗅ぎ、大きく口を開けて食べれば、焼きたてのサクサク音がこちらまで聞こえる。

「んんっ⁉　凄い、サクサクして美味しい！」

目を輝かせて、クッキーの味を楽しむアリムちゃんを見ると、子どもの可愛らしさに癒やされる。

そして、私も一枚摘まんで食べれば、素朴なプレーンクッキーのサクサクとした食感とバターの香り、控えめな甘さが美味しい。

『ご主人様、紅茶をお淹れしましょうか？』

「うん、お願い。次のクッキーが焼けるまで少し休憩しましょう」

私は、ベレッタに紅茶を淹れてもらい、一休みする。

そして、夕方前に、私はお皿に山盛りのクッキーとメレンゲクッキー、ベレッタは鍋に入った卵スープを用意して、収穫祭の会場に運ぶ。

大分、各家庭の料理が並ぶ中、森に出ていたテトも帰ってきた。

「魔女様～、大きな獲物を捕まえたのです～！　これで串焼き沢山作れるのです！」

町の人々の歓声を受けるテトは、肩に大きな鹿を担いでいた。

森で見つけて気絶させた後に、手足をロープで縛り、運んできたようだ。

まだ血抜きされていないために、ドワーフの自警団たちが慌ててテトから受け取り、解体所に運んでいく。

「テト、お疲れ様。――《クリーン》」

「ただいまなのです！　あー、魔女様とベレッタから良い匂いがするのです～」

帰ってきたテトに清潔化の魔法を使い汚れを落としてあげると、私に抱き付き、クッキーの匂いを嗅いでくる。

そうして、夕暮れ前に収穫祭の準備が整い、町長が祭りの始まりを告げる。

「今年も無事に我らは、畑の恵みを得ることができた感謝をここに――乾杯！」

『『――乾杯！』』

酒好きで有名なドワーフたちがそれぞれの信仰する何ものかに対して、乾杯の音頭を取る。

自警団の者たちは戦女神でもあるラリエルに、農業や狩猟に携わる者たちは豊穣神でもあるリリエルに、鍛冶の炎を崇拝する者たちは、炎の精霊に対して――

女神信仰と精霊信仰などが混在しつつ、冬の厳しい季節を前に英気を養うために、収穫祭が行なわれる。

会場の中央では、大きな篝火《かがりび》が焚かれて、その炎を見つめながら、皆料理と酒を楽しむのだった。

31話【アリムの夢】

『ご主人様、テト様、料理とお飲み物をお持ちしました』

「ありがとう、ベレッタ」

「ありがとうなのです！」

私はベレッタが取ってきてくれた料理を受け取り、テトは山盛りの料理とお酒の入った木製ジョッキをテーブルに置く。

そして、祭りが始まると、次々と町の人たちが私たちにお礼の挨拶をしに来る。

主人の怪我を治したこと、町の延焼を食い止めてくれたこと、攫《さら》われた子どもたちを助けてくれたことなど。

それら一つ一つを笑顔で受け入れる。

それも一通り終われば、後は住人たちが酒と料理を楽しみ始め、その光景を眺めて私たちも嬉しくなる。

特に、私とベレッタが作ったクッキーを美味しそうに食べる子どもたちの笑顔を見て、攫われたことを引き摺っていないと分かり、安堵と嬉しさが混じったような気持ちになる。

「ふへへっ、魔女様～。可愛いのです～。ベレッタも可愛いのです～」

「もう、テト。飲み過ぎよ」

大酒飲みのドワーフたちに合わせてお酒を飲んで酔っ払ったテトは、私の体に抱き付き頬ずりしてくる。

『ご主人様、私がテト様をベッドに運びます。引き続き収穫祭をお楽しみ下さい』

「おろ？　三人のベレッタに運ばれているのです～」

各料理の味見をしたベレッタは、もう十分に楽しんだのかテトの介抱を買って出てくれる。

そして、祭りの篝火《かがりび》をぼんやりと見つめていると、ふと人影が差してくる。

「チセちゃん。ここ、いいかな？」

そうして眺めていた私の隣に、アリムちゃんが座っていいか尋ねてくる。

私が頷くと、昼間のような明るさじゃなくて少し大人びたような表情で、ありがとうとお礼を言ってくれる。

「チセちゃんは、本当に凄い冒険者だったんだね」

ポツリと呟くアリムちゃんは、祭りの篝火を見つめながら語り掛けてくる。

「なんだか、そんな凄い冒険者の人たちに馴れ馴れしくしちゃったね。ごめんなさい」

「気にしてないわ。むしろ、今まで通りの方が嬉しいかな」

今まで親しくしていた相手から、急に畏《かしこ》まった態度を取られるのは少し寂しいのだ。

「ありがとう、チセちゃん。それとね、私の悩みを聞いてくれる？」

大人びた真剣な表情のアリムちゃんが私に顔を向けてくるので、黙って話に耳を傾ける。

「――私、チセちゃんみたいな冒険者になりたいの。悪い人から困っている人を助けられる、そんな冒険者になりたい」

きっと人攫いを経験し、自分たちを助け出した私に憧れや尊敬の念を持って、そう言ってくれたんだろう。

「だけどね。私の好きなこの町を元気にするのも夢なんだ」

そうして、ぽつりぽつりとアリムちゃんが話すのは、後悔と夢だ。

こんな貧しい町だからこそ、町から離れた森の中まで山菜などを採りに行かないと満足な量の食料が確保できない。

町から離れるほどに魔物や人攫いの危険が増すのは、今回身に染みて分かったようだ。

「だからね。誰も危ないことをしなくてもいいような立派な町にしたいし、危ない目に遭っている人を助けられる、チセちゃんたちみたいな冒険者にもなりたい」

「そう……どっちも素敵な夢ね」

「……うん。でも、何をすれば良いのか分からないの」

そう頷くアリムちゃんに対して、私は自分なりの考えを口にする。

「私はね。冒険者になれば良い、なんて安易には言えないけど、町の外を知った方がいいと思うの」

「町の外？」

「ええ、この町は貧しいって言うけれど、それでも他の町や村にはない良いところが幾つかあるわ」

廃坑に住むコウモリの糞の肥料は、他の町にはない物だ。

それに土魔法で畑に魔力を施す農法なんて、土と親和性が高いドワーフならではの方法である。

アリムちゃんのお父さんである宿屋の店主さんの料理だって、イスチェア王国やガルド獣人国にはない郷土料理だ。

他にも探せば、この町には良いところが沢山あるのだ。

「冒険者になって、町の外を旅して見つけた物を……町に持ち帰る……うん、うん！　私が考えていたのはそれだよ！　ありがとう、チセちゃん！」

「うーん……別に町の外を旅するだけなら、行商人って選択肢もあるんだけどなぁ」

冒険者になる、という目的しか見えていないアリムちゃんに苦笑いを浮かべてしまう。

「それじゃあ、冒険者になる、ならないは置いておいて、チセちゃん！　私が旅をできるように鍛えて下さい！」

そうお願いされた私は困ってしまうが、ここでアリムちゃんに思わぬ援軍がやってくる。

『アリム様は、もう13歳でございます。それに宿屋のご主人にはお世話になっておりますので、ご息女のアリム様の将来の手助けができれば、と思います』

「ベレッタ……」

酔い潰れたテトを宿屋のベッドに運び、戻ってきたベレッタが私たちの話を聞いていたようで、賛成されてしまった。

アリムちゃんの願いは、ある意味ベレッタが今回の旅に同行した理由にも近い物があるので、共感したのかなと私は思う。

「……分かった。ただし、条件があるわ」

私は、条件付きでアリムちゃんに冒険者のイロハを教えることにした。

「私たちが今の依頼を終えるまでよ。依頼が終わったら、アリムちゃんの成長がどうあれ、また旅に出るわ」

「うん！　それは分かってる！　冬の間は農作業の手伝いも少ないから、それまでにできる限りのことを教えて欲しい！」

そう喜ぶアリムちゃんだが、そろそろ子どもは寝る時間だ。

既に子どもやその母親たちは、自分たちの家に戻り、後は大人の時間となっている。

私たちも、酔っ払ったテトが待つ宿に戻り、ベッドで眠りに就く。

人攫いや収穫祭など色々あったが、明日からはいよいよ廃坑の最深部に挑まなくてはならない。

32話【蠱毒《こどく》の母】

収穫祭の翌日、私たちは早速、廃坑探索を再開する。

とは言っても、人攫いや収穫祭などで期間が空いたために、まずは廃坑の各所で新たな虫魔物が湧いていないかの見回りと、最深部を封鎖した結界の様子の確認、【虚無の荒野】に一時帰宅して他の奉仕人形たちの様子見などをしていた。

そして、収穫祭から三日後――様々な準備を整えた私とテト、ベレッタは、Aランクを含む数多《あまた》の強力な虫魔物たちを退けつつ廃坑の奥に進み、遂に最深部に辿り着いた。

「ここが、魔物の発生源ね」

「うへぇ、ドロドロしているのです……」

『高濃度の瘴気を検知いたしました。人体にとっては非常に有害な環境です』

廃坑最深部の大穴には、視認できるほどに濃密な負の魔力――瘴気が広がっていた。

呪いの魔剣が内包していた禍々しい瘴気の比ではなく、汚泥のように実体化していた。

そんな瘴気の汚泥の溜まる大穴の前に、巨大な虫の魔物がいた。

壁際に寄り掛かるように鎮座し、地中に長い管のようなものを突き刺し、何かを吸い上げている。

その魔物の膨れた腹から虫魔物の卵が、瘴気の汚泥の中に産み落とされていく。

そして、その瘴気の汚泥の中から孵った様々な種類の虫魔物の幼体同士が殺し合い、食い合いを始める。

死んだ魔物の残骸が瘴気の汚泥の底に沈み、生き残った幼体が成体に進化して大穴から這い出して来る。

「これが廃坑に現れた大量の虫魔物の正体ね。気持ち悪い……」

「下から上にあがってきたのです」

『高濃度の瘴気に晒された結果、どれも亜種の魔物に進化しております』

共食いを成し遂げて亜種へと進化した虫魔物は、柔らかそうな餌に見える目の前の私たちに襲い掛かってくる。

だが、私の風刃の魔法とテトの魔剣、ベレッタの念動力で浮かぶ八枚の刃によって、襲い掛かってくる虫魔物たちは、瞬く間に討ち取られていく。

生まれたばかりでもCランク下位の強さがあり、成長すれば、最深部に来るまでに遭遇したAランク級に至っていただろう。

そして瘴気の汚泥が溜まる大穴や魔物同士の共食いを見ながら、成長した魔物の体から放出される怨嗟の念が籠もった澱《よど》んだ瘴気を吸い込む母体の巨大魔物が、歓喜するように震えている。

「とても悪趣味ね。ラリエルは、これを倒して欲しいから私たちに頼んだみたいね」

「すぐに倒して、この気持ち悪い場所をスッキリさせるのです！」

私たちは、巨大な虫魔物の母体――マザー（仮称）に武器を向ける。

「まずは、小手調べ。――《ウィンド・カッター》！」

「行くのです。そーい！」

私は、杖を横に振り、特大の風刃を五枚生み出し、マザーに向けて放つ。

テトは、土魔法で無数の礫《つぶて》を手の中に生み出し、【身体剛化】の魔力を練り込み、全力で投げる。

風刃が虫魔物の体を切り裂き、散弾のように放たれた礫がマザーの体を穿ち、蜂の巣にする。

『キシャアアアアアッ――』

「効いているのです！　もう一度、なのです！」

次は、拳大の石を生み出し、それを全力で投げる。

投げられた石弾がマザーの腹部を掠め、肉を大きく抉《えぐ》り背後の壁に突き刺さり、天井からパラパラと小石が落ちてくる。

『テト様、やり過ぎでございます。廃坑の中が崩落する危険性があります』

「ごめんなさいなのです！」

ベレッタに注意されたテトが謝る。

その間もベレッタは、念動力で操った八枚の刃でマザーの体を切り裂いていく。

私たちに傷つけられたマザーの体からは、毒々しい紫色の体液が吹き出し、禍々しい瘴気も周囲に広がる。

「一応は効いているみたいだけど……」

そして、大地に突き立てた管が脈打ち、緑色に輝く何かを吸い上げると、ボコボコとマザーの傷ついた体が再生していく。

『ご主人様。どうやら、マザーは地脈より高濃密度の魔力を吸い上げて、回復しているようです』

様々な穢れを帯びた瘴気とは対照的に、美しく輝く地脈の魔力を吸い上げているらしい。

この魔力が吸われていたために、地脈の下流には十分な魔力が行き渡らず、不作が続いていたのだろう。

「なるほど、地脈からの無尽蔵の魔力……これは厄介ね」

『ですが、長い年月を掛けてこの廃坑の奥深くの地脈の魔力と蠱毒の瘴気を浴び続けていたために、魔力依存度の高い体になっているようです』

ベレッタの言葉に、テトが小首を傾げているので、私が簡単に噛み砕いて説明する。

「つまり、廃坑の外じゃ生きられない体みたいね」

『推測ですが、虫魔物たちが廃坑の外に現れなかったのは、廃坑以外の環境では生きられない性質を受け継いでいたからだと思われます』

虫魔物たちが廃坑内で共食いを続けることで瘴気が溜まったが、外界で生きられない性質のお陰で町や地上に被害が出なかったのは、不幸中の幸いだと思う。

「それにしてもマザーを倒すのは、骨が折れそうね」

私とベレッタが再生したマザーについて分析と考察をしている間に、マザーは私たちに向かって腕を振り下ろしてくる。

ただ単純なだけの振り下ろし攻撃を飛翔魔法で避け、テトとベレッタも廃坑内を走る。

すると、私とテトに向けて、口から猛毒液を吐き出すが、結界によって阻まれ地面に落ちる。

「はぁ、厄介ね。相手の攻撃は私たちに届かないけど、相手も死なない」

冷静に攻撃を捌《さば》きながら私は目元に魔力を集中させ、マザーに纏わり付くドス黒い魔力の塊を見る。

マザーの体に同居する黒い魔力は、ガス状の亡霊魔物であるフィアー・ガイストのように独立した意思を持ち蠢《うごめ》いている。

『キシャアアアアアッ――――』

マザーの金切り声の叫びが二重に聞こえ、マザーの纏う魔力が黒い魔法弾を放ってくる。

一発一発が、人を死に至らしめる呪詛が込められた魔法弾。魔物としての危険度は、かつて討伐したウォーター・ヒュドラを遥かに上回る。

「私の結界で防げるけど、それでもやっぱり危険ね！　ハッ！」

魔法でダメージを与え続けるが、地脈から吸い上げたほぼ無尽蔵の魔力がマザーの傷を癒やす。

「やっぱり、私の魔力量を30万まで増やしても、上には上が居るわねぇ」

外界の低魔力環境下では生きていけないだろうが、もしもランクが存在するとしたらAランクを突破して伝説の災厄級魔物であるSランクに分類されるだろう。

もし、廃坑の外で生きていける体だったなら、無尽蔵に虫の魔物を生み出して、大地を魔物で埋め尽くし、国を滅ぼしていただろう。

そんなことを想像して、ゾッとする。

「とりあえず、魔力の供給源を断つしか無いわね。――はっ！」

様々な角度から襲う十連続の風刃が地脈と繋がる管を狙うが、マザーはそこが弱点だと分かっているために、覆い被さるように自身の体を盾にする。

その巨体を盾に風刃の攻撃を防ぎ、体を纏う黒い魔力が魔法弾を乱射し、廃坑内部の壁や天井が爆ぜる。

『キシャァァァァァァッ――！』

体が刻まれて、悲鳴のような金切り声を上げながら暴れるマザーだが、隙が生まれた。

「テト！　ベレッタ！」

「はいなのです！　――はぁぁぁっ、えい！」

『そこです。ハッ！』

防がれるのは織り込み済みである。

ベレッタが念動力で操作する刃が高速で射出され、地中に突き刺した管を切断する。

管から緑色の魔力光が漏れ始める中、テトが地面に手を突き、廃坑内の大地を操作する。

テトの魔力が大地を掴み、ずずずと廃坑内部が揺れる。

廃坑の地盤が蠢き、地脈に突き刺さったマザーの管が引っこ抜かれるように地面から飛び出す。

その瞬間、地脈に通じる穴から緑色の魔力光が更に溢れるが、テトがすぐに地面の穴を岩盤で塞いで堅く閉ざす。

「やったのです！　これで大地から魔力は吸えないのです！」

「テト、ベレッタ、ナイス。これでいくわよ。――《ウィンド・カッター》！」

杖を一度振って10の風刃が、さらに振れば倍の20の風刃が様々な角度からマザーの体に降り注ぐ。

再生するための魔力の供給源が断たれて、蠱毒《こどく》で蓄えた瘴気を消費して傷を再生させるが、それも間に合わなくなる。

『キシャアアアアアッ――――』

追い込まれたマザーの纏う禍々しい魔力体が飛び出し、私たちから逃亡しようとする。

「体を捨てて逃げる気ね！」

残された体の方は魔力による強化を失って、風刃でできた傷と肥大化した体の自重に耐えきれなくなり、潰れて体液をまき散らしている。

この地下空間から抜け出そうとする禍々しいマザーの魔力体だが、事前に張った瘴気の流出を防ぐ結界に阻まれてこの場所から逃げ出せない。

「いっせいので、なのです！」

そんなマザーの魔力体の背中に向かって、腰だめした魔剣をテトが振り抜く。

黒い靄のような魔力体は、魔力の籠もったテトの剣圧で体を散らすが、すぐに寄り集まって再生する。

『テト様、今のマザーの魔力体は、魔力生命体と同じです。通常の方法では倒せません！』

「うー、どうするのですか」

テトは、再生する魔力体に何度も魔力の籠もった剣圧を叩き込むが、その度に寄り集まって再生する。

「大悪魔のように完全な実体化を果たしていないし、依代《よりしろ》になっていたマザーの体も失った。徐々に霧散していくはずよ」

大悪魔のように実体化して存在が安定していないし、フィアー・ガイストのように地縛霊として場所に縛られて存在を保っているわけではない。

更に、魔物の核である魔石をマザーの体の方に残してきたので、魔力体の構成要素も不安定になっている。

私から見れば、禍々しいが酷く脆《もろ》い存在である。

「浄化魔法の準備をするわ！　少しだけ時間を稼いで！」

私は、精神を集中させ、この周囲にある瘴気を散らすための浄化魔法を準備する。

マザーの魔力体は、浄化魔法に気付き、更に激しく暴れる。

自らの消滅を避けるために新たな依代としてテトに魔力を伸ばすが、テトが魔剣を振い、再び散らされる。

だが――

「ベレッタ、後ろよ！」

『――っ⁉』

周囲に瘴気が充満しているために、魔力感知が上手く働かず、気付くのが遅れた。

テトが散らしたマザーの魔力体の一部がベレッタの背後で再生し、瘴気を防いでいた結界を破壊してベレッタの体に流れ込んでいくのだ。

「――《ピュリフィケーション》！」

マザーの魔力体を含む辺りの瘴気を全て消すつもりで、全力の浄化魔法を放つ。

『キシャアァァァァアッ――』

マザーの魔力体が金切り声を上げて清浄な魔力に分解され、廃坑の瘴気が払われて静寂が訪れる。

だが、マザーの魔力体の一部を流し込まれたベレッタは、悲鳴や苦悶の声を上げることもなく、静かに倒れるのだった。

33話【人形に魂が宿る時】

SIDE：ベレッタ

悲鳴を上げることもなく倒れた私の意識は、ただ真っ白な奉仕人形の精神空間に居た。

『――魔力生命体による干渉を受けたために、情報と記録の保護を優先。及び、魔力生命体の隔離を実行……成功しました』

マザーの魔力体の浸食を受けた私は、自身の記憶を失わないために情報の保護を優先した。

その後、記録容量の一部に浸食したマザーの魔力体を隔離することに成功したが、それでも敵は私の体に蓄えられた魔力を吸収し、この体を乗っ取ろうとしている。

『なぜ人間ですらない道具のお前が生きてるんだ』『なぜ、のうのうと普通の生活を送っている』『なぜ私たちを助けるべきお前が、私たちを助けずにこの世に生き続ける』

隔離した魔力体から漏れ出る黒い靄のような瘴気が人の形を取り、口々に私を非難する言葉を投げ掛けては、形が崩れて別の人の形を作る。

『精神攻撃でしょうか。ですが、古代魔法文明の人々は、そのような事は言いません』

私は、奉仕人形。

古代魔法文明の便利な道具の一つであり、人々から人間のように扱われた記憶はない。

奉仕人形の私に対して、生きている、生活を送るなどの人間らしい表現をすることは無く、そのように言うのはご主人様とテト様である。

『これは、私自身が抱える罪悪感なのでしょうか？』

閉じ込められた地下シェルターで、地獄のような出来事をただ見ることしかできなかった私自身が抱いた感情だとしたら、なんとも人間らしい感情だと思う。

『ですが、こんな物を見せ続けられるのは、不愉快ですね』

精神攻撃によって、抑え込んでいるマザーの魔力体の隔離を解こうとしているのだろう。

私は、この程度の精神攻撃には動じず、ただ自分の感情と向かい合う。

『人形の私は、やはり、ご主人様たちと同じ人になりたかったのでしょうね』

自身の壊れた体が直り、ご主人様たちに奉仕できることを喜んだ。

だが、成長のない奉仕人形のままでは、きっとご主人様たちと並び立つことはできない。

だから、成長できる人間になりたいという欲求を持ち、それに付随する様々な感情を手に入れた。

今回の旅への同行の願い出も、外界の情報と調理技術の更新などと言ったが、本音を言えば待つだけの存在ではないことを示したかったのだ。

そして——

『外部からの浄化魔法を検知しました。これは、ご主人様ですね。徐々にですが、この体の中に入り込んだ瘴気が消えていきます』

黒い靄のような物に包まれていたマザーの魔力体の瘴気が払われ、中から現れたのは、虫魔物に宿っていたとは思えない人形の影だった。

ただ真っ黒に塗り潰したようではあるが、瘴気のような禍々しさを感じない、純粋な影だ。

『その姿……あなたは、何者ですか？』

私が黒い影に尋ねると、影は男とも女とも若い人や子ども、年老いた声とも判別が付かないような奇妙な声で答えてくれる。

『形を失った、闇精霊だ』

『話ができるだけの知識があると言うことは、高位の精霊だとお見受けします』

私がそう答えるが、人形の影は緩く首を振る。

『形を失ったと言っただろう？　私は、あの虫に喰われたんだよ』

あの虫とは、私たちが倒した巨大な虫魔物のマザーの事だろう。

精霊などの魔力生命体を喰らう存在は、古代魔法文明より前から語り継がれ、精霊喰らいなどと呼ばれて魔力生命体の天敵として恐れられてきた。

『ですが、よくその状態で自我を保っていられますね』

『喰われて、奴の体に入り込むことで保っていた意識も、瘴気の影響で狂った悪霊のものとなっていた。まともな自我なんて殆ど残っていない』

『では、なぜ？』

『今話せるのは、浄化されたことによる今際《いまわ》の際《きわ》の奇跡というやつだ』

それも完全に瘴気を浄化されれば、その意識すらも消えると精霊の影は自嘲気味に笑う。

『どうにか、ならないのでしょうか？』

『無理だね。虫に食われて形を失い、瘴気に堕ちた存在だ。依代《よりしろ》や瘴気なしでは、もう存在を保てない。この世にとっての害悪になるならば、このまま消えた方がいい』

穏やかに笑ったように見える影の体が徐々に薄くなっていくのを、私は見つめていた。

『どうして君がそんな顔をするんだ。私は、悪夢のような状況から解放されたんだ。これで満足だ』

私が今、どんな顔をしているのか分からない。

だが、精霊の影はこちらを気遣うような言葉を投げ掛けてくる。

『そう、ですか。では、メイドとして一言。――長い間、お疲れ様でした』

私が恭しく、精霊の影に頭を下げると、精霊の影に微笑まれる。

『最期に人と話せて良かったよ。私の魔力は世界に還元されて新たな精霊の元となるけど、私に残された精霊の残滓《ざんし》は、君の中に残していくよ』
奉仕人形の私に、精霊の影は人として接してくれた。
そして、そのまま精霊の影が消え、私の中に侵入した脅威が消えたことで奉仕人形の意識を再起動させる。

SIDE：魔女

「行くわよ。――《ピュリフィケーション》！」

マザーの魔力体が体に入り込み倒れたベレッタを、何度目かの浄化魔法で包み込む。

黒い靄のようなマザーの魔力体は、ベレッタの魔力を吸収して力を取り戻そうとしているが、浄化魔法を繰り返すことで徐々にその動きが鈍くなる。

そして遂に、ベレッタに入り込んだ瘴気を払い、ベレッタが目を覚ました。

『んっ……おはようございます。ご主人様、テト様』

「ベレッタ！」

「良かった、起きたのです～」

ゆっくりと上体を起こすベレッタは、真っ直ぐに私たちを見つめてくる。

「ベレッタ、体に不調はない？　瘴気をその身に受けたけど、大丈夫なの？」

『はい。意識を保護するために肉体の活動を停止していただけで、問題はありません。ご主人様が外部より浄化魔法を使って下さったお陰で、内部に侵入した瘴気は全て消滅しました』

「そう、よかった……」

「よかったのです～、心配したのです～」

心配し過ぎて涙目だったテトは、起き上がったベレッタの体に抱き付き、盛大に泣き始める。

私もベレッタの事を心配したが、無事に目覚めて、少し泣きそうになる。

『ご主人様、テト様、ご心配をお掛けしました』

「でもよかったわ。魔力も吸われていたから補充しないとね。――《チャージ》」

泣き続けるテトの頭を撫でながら宥めるベレッタの背後に回った私は、ベレッタの背中に手を当てて、魔力補充を行なう。

その際に、ベレッタの体内の魔力の動きの変化に気付き、驚く。

「ベレッタ……あなた、自分で魔力を生み出しているわよ」

『っ!?』

奉仕人形は、魔導具に分類され、自らが魔力を生み出す存在ではなかった。

だが今のベレッタは、内部の核から少しずつだが魔力を生み出し、自身の核に魔力を満たそうとしている。

その変化には、思い当たることがあった。

「ベレッタ、少し鑑定魔法を使うわよ」

私は、それだけ言ってベレッタに鑑定魔法を掛けて、その体の変化を調べる。

廃坑最深部に突入する前に魔力補充をした時までは、奉仕人形だった。

だが、マザーの魔力体に浸食された体を浄化し、目覚めた時に進化が完了していた。

【ベレッタ（メカノイド）】
職業：奉仕侍女
称号：【魔女の従者】【戦闘侍女】
ゴーレム核の魔力270000／1000000
スキル【格闘術Lv8】【身体剛化Lv1】【闇魔法Lv5】【再生Lv1】【魔力回復Lv1】【魔力制御Lv8】
【奉仕Lv10】【高速演算Lv5】【並列思考Lv5】【礼儀作法Lv7】【指揮Lv5】……etc

メカノイドとは、機械系魔族と言ったところだろう。

何が切っ掛けか分からないが、テトと同じように魔族に進化していた。

「ベレッタ。あなたは魔族・メカノイドになっているのよ」

魔族になった事を聞いたベレッタは、静かに顔を伏せ涙を流す。

だから、今度は私とテトが優しくベレッタを抱き締めて、あやすのだった。

「おめでとうなのです。ベレッタも魔石食べるのですか？」

テトは、泣いているベレッタを慰めるために魔石を差し出す。

ベレッタも予想していなかったのか一瞬驚くが、笑い泣きをしながらテトから魔石を受け取り、飴玉を舐めるように魔石を食べる。

そして、一頻《ひとしき》り泣いて落ち着いたベレッタは、浸食してきたマザーの魔力体について話してくれた。

「そう……形を失った精霊だったのね」

「じゃあ、ベレッタは、テトと同じなのです！」

テトも自我の崩壊した精霊の力を取り込んだ結果、アースノイドに進化した。

ベレッタも闇精霊の力を取り込み、メカノイドに進化したようだ。

そうして、廃坑の最深部の辺りを私たちは見回す。

「改めて見ると、これは酷いわね」

とりあえず廃坑の空気は浄化したが、マザーの死体は放置したままであり、最深部に開いた大穴に溜まる実体化した瘴気の汚泥も残り続けている。

これを浄化するには、魔法使いや聖職者が何十人と集まり、協力して何十日という時間を掛けなければいけない。

「放置して、何らかの原因でこの瘴気の泥土が流出したら大変そうね」

もし、瘴気の汚泥が流出したら一番に被害が出るのは、この近くで暮らす廃坑の町の人々だろう。

この瘴気の汚泥の後始末について考えていると、私たちの目の前に地脈から漏れ出た緑の魔力光が寄り集まるのを感じる。

まさか、浄化したマザーの魔力体が残っていたのか、そう思い警戒する中、緑の魔力は人の形を作り上げ、私にとって見知った相手が現れる。

「まさか――ラリエル？」

34話【女神の依頼の達成】

『よぉ、チセ！　それと一緒に居るのが、テトとベレッタだろ？　お疲れさん』

地脈の魔力光が寄り集まって現れたラリエルが、気さくな声を掛けてくる。

「初めましてなのです！　いつも魔女様から話は聞いているのです！」

『お初にお目に掛かります、ラリエル様。その節は、どうもありがとうございました』

テトもラリエルに気軽に言葉を返し、ベレッタも壊れた体を修理する相談に乗ってくれたことにお礼を言っている。

「どうして、あなたがここで現れるのよ。夢見の神託の中でしか会えないんじゃ？」

地下深くの強大な魔物を倒した直後に現れたラリエルの存在に、訝しげな目を向ける。

『ここがあたしの管理領域だからなぁ。状況と条件さえ整えば、短時間は降臨できるのさ』

今回は地脈から漏れ出た魔力を利用させてもらったけどな、とラリエルが笑う。

「色々と聞きたいことがあるわ。そもそもどうして私たちに、ここの魔物を退治させたかったのかよ」

ローバイル王国の魔物が発生している管理領域の手伝いを頼まれたのだが、具体的な期限や討伐方法、またその目的も一切語られていなかった。

神としての事情があるのかもしれないが、やはりベレッタが瘴気に侵される危険性があったことは知りたかったと思う。

結果的に、ベレッタはメカノイドに進化できたが、それでも親しい仲間が倒れたのには肝が冷えた。

『まぁ、話せば長くなるが、２０００年前の魔法文明の暴走で地脈がズタボロになった話は知ってるだろ？　その時に、ズタボロになった地脈を再生させるために、高位の闇精霊が居たこの山の地下にその道を通したんだ』

ベレッタが取り込んだ精霊の力の元となった闇精霊は、長くこの土地に存在しており、大地の扱いに長けた存在だった。

そのためラリエルは、土地の管理者として、信仰で集めた魔力を渡していたそうだ。

『あたしは、地上への干渉と細かな管理ってのは苦手でな。こうやって、他の奴に任せることが多いんだ』

闇精霊は、ラリエルから預けられた魔力を利用して地脈と大地の再生を行ない、この土地は安定していった。

その副次的な効果として再生する地脈から漏れ出た魔力が、地中に様々な魔法金属を生み出したそうだが、事情が変わったのが30年前らしい。

「ドワーフたちが地脈に穴を開けてしまい、溢れ出た魔力で【精霊喰らい】が誕生してしまったのね」

『だいたい、そんなところだ。精霊を喰って力を付けてもまだ弱かった【精霊喰らい】も、いつしか虫同士の共食いで生まれる瘴気を浴びてとんでもない化け物に成長していったんだよ。まさか、鉱山開発からこんな展開になるとは予想できなかったわ』

本当に人の欲は凄いな、とラリエルはおかしそうに笑う。

数千、数万年の単位で世界を見守っている女神だ。

人の愚かさや失敗も色々と見てきたのだろう。

「けど、改めて悠長だと思うわ。十年以上も前から、あんな魔物が地中にいることを知っていて、まるで危機感のないラリエルも」

『それは仕方がないって。人間たちが自分で気付いて、対処すればそれが最良だと思っている。あたしは、最悪にならないようにチセたちに頼んでいるに過ぎないんだから』

そう言って、楽しそうに笑うラリエルに、神はやはり自分たちとどこか考え方が違うと思ってしまう。

確かに、私やラリエルが全部をやってしまえば、被害は未然に防げる。

だが、それでは人という種の成長と発展を妨げてしまう。

『それにあの魔物は、この廃坑の奥深くでしか生きられない。ある意味、人が近づかなければ、当面は危険がないんだ』

廃坑になってからの30年間は、廃坑から出てきた虫魔物を倒すだけの対症療法でもなんとかなったのだ。

「それじゃあ、ラリエルの言う最悪ってなんだったの？」

『どんな魔物にも寿命とか生物の限界はある。あの【精霊喰らい】の母体だって、あと20年くらいで寿命で死んでただろうな。そうなった時、溜まりに溜まって残された虫魔物の死骸と瘴気の汚泥の混合物が地脈を経由して広がっていくだろうな』

虫魔物の死骸には毒が混じっており、更に実体化した瘴気の汚泥は、人や動植物を蝕み魔物を活性化させる。

地脈にそうした異物が流れ込めば、ここより南方の大地に広がり、毒と瘴気で大地は汚染されて魔物たちが繁殖し、凶暴化する。

『ローバイル王国の国土の半分が猛毒と瘴気に汚染され、それが流れる海が穢れ、この大陸の東側は、人が住むには辛い土地になる。あたしの他の管理領域にも影響が出て、海母神である妹のルリエルにも迷惑を掛けちまう』

それがラリエルの考える最悪なのだろう。

確かに、国一つが毒と瘴気の汚染で消えるのは、最悪も最悪だ。

ある意味、猶予のある部類の問題で助かったと思う。

こうして私が間に合い、誰にも気付かれずに人々をパニックにさせることなく終えられたのだから。

『さて、そんな感じであたしの依頼はほぼ終わりだな。あとはそこに残る魔物の死骸が沈んだ瘴気の汚泥を浄化して完了だ』

「いや、その瘴気の汚泥を浄化するのにも、時間が掛かるんだけど……」

『まぁまぁ…それで報酬なんだけど、ちょいとそこの壁の所を掘ってみな』

「わかったのです！」

ラリエルに指差された場所をテトが探す。

テトの土魔法で押し広げられた土石の奥には、白銀色と緋色の鉱石の塊。そして、その中心には、緑色の結晶が存在した。

「ラリエル、これは？」

『その鉱石は、昔ここに地脈を引き込む時に漏れ出た高濃度の魔力によってできたミスリルとオリハルコン。それに浮遊石だ』

「浮遊石って、確か島が浮き上がるんじゃないの？」

地脈の管理とは、一つには魔力が不足している地域に魔力を行き渡らせること。それともう一つは、一カ所に魔力が溜まり過ぎないようにすることである。

一カ所に魔力が溜まりすぎれば、魔力溜まりとなり、ダンジョンや強大な魔物が生まれたり、浮遊石が生まれて地面を持ち上げて浮遊島になってしまったりするのだ。

そうなると更に世界の管理が難しくなる、とリリエルから聞いている。

『その大きさじゃ、大地が浮かび上がって浮遊島にはならないさ！　せいぜい、船がいいところだ！』

空飛ぶ船と考えて、また凄い鉱石だと思う。

このファンタジーな異世界には、ドラゴンを始め、ワイバーンや巨大怪鳥などの空の脅威である魔物が存在する。

それに対応するために対空攻撃用のバリスタが配置されたり、強力な魔法使いが空を飛んで迎撃したり、竜騎士がワイバーンなどの魔物を使役して戦う。

そうした制空権の確保が、この浮遊石を利用することで、個人の資質に左右される状況から一般的なものにまで落ちる。

その先に待っているのは、いい方向に進めば、輸送の高速化。

悪い方向に進めば、空の戦いが激化するだろう。

「はぁ、ラリエル。報酬って言うけど、本音は厄介事を押し付けたんじゃないの？」

『へへっ、バレたか。確かに人間には、まだ早い代物だよ。古代魔法文明の前だって、浮遊石の扱いに気を揉んでたからな』

いずれは、人に発見されて研究されるが、まだその時ではないのだろう。

「要らないって言っても、ここに残しておく訳にもいかないから有り難く貰っておくわ」

そんな私たちに、消える間際のラリエルが声を掛けてくる。

『ベレッタが精霊の力を取り込んで、奉仕人形から魔族に進化して生まれ変わった。だから――歓迎するよ、この世界に生まれてきたことを。この世界を楽しんでこいよ』

じゃあな、と最後に軽く言ってからラリエルが私たちの前から消える。

後には廃坑の中に魔力光の残滓《ざんし》が残り、静寂が広がっていた。

残された大穴には瘴気の汚泥が溜まっており、それを浄化するために、またしばらく通わなければならない。

とりあえず今は、倒したマザーの死体を回収し、【転移門】を使って廃坑の入口に戻る。

「最近のローバイル王国での不作は、これで解消されるかしらね」

そして、廃坑の入口からは、地脈の魔力を横取りする存在が居なくなり、正常に魔力が流れ始めた大地が色付くような、そんな光景を見ることができた。

35話【地脈制御魔導具】

廃坑の奥にある脅威を排除したからと言って、この廃坑の町の日常が変わることは無かった。

ただ、収穫祭が終わって冬が訪れ、農作業に追われることがなくなったドワーフたちがお酒を求めて食事処に集まるようになった。

「チセちゃんたち、行ってらっしゃい！」

「ええ、行ってくるわ」

私たちは、廃坑の最深部に残る実体化した瘴気の汚泥の浄化のために、日々通っている。

「さて、今日もやりますか。――《ピュリフィケーション》！」

私の持てる魔力の殆どを使って、廃坑奥の瘴気を浄化していく。

30万を超える魔力で浄化しても、僅かな瘴気の汚泥しか相殺できない。

「ふぅ、今日の分は、これで終わりね」

作業時間としては30分にも満たない浄化作業であるが、浄化が終わるまでは廃坑の町に留まる予定だ。

「魔女様、お疲れ様なのです！」

「ありがとう、テト。【虚無の荒野】に居るベレッタと合流しましょう」

廃坑の浄化作業には、私と付き添いのテトだけで向かい、ベレッタは、廃坑に作った安全地帯の【転移門】から【虚無の荒野】に向かわせ、先に準備をしてもらった。

『ご主人様、テト様。お待ちしておりました』

そして、私たちも浄化を終えて【虚無の荒野】に戻れば、ベレッタたちは他の奉仕人形たちを集めておいてくれた。

「ただいま。それとみんなを集めておいてくれてありがとう」

「今日は、この前に倒した巨大魔物を解体して魔石を取り出すのです！」

テトがそう言うと、集まった奉仕人形たちは、任せろとばかりに各自の解体道具を取り出す。

既に半年以上、虫魔物から魔石を取り出し続けたために、全員が慣れているのだ。

『それでは、ご主人様。解体場所はあちらになります』

そうして案内された野外で母体魔物のマザーの死体を取り出し、テトが魔剣である程度解体しやすい大きさにぶつ切りにして、メイドたちが各部位を解体していく。

『ご主人様、特大サイズの魔石が発見されました』

「わかったわ。――《サイコキネシス》」

私は、切り開いた体から現れた紫色の魔石を重力魔法で持ち上げて、水魔法で洗浄する。

巨大魔物であるマザーの魔石は、推定Sランクだ。

「綺麗な色なのです、食べたいのです」

一通りの解体を終えたテトは、私が浮かべる巨大魔石を見つめる。

30階層級のダンジョンコアよりも二回りほど大きな巨大魔石に涎を垂らしているが、これには使い道を考えている。

「テト、これはダメよ。【虚無の荒野】の地脈管理に使うんだから」

「そうなのですか、残念なのです」

そう言うとテトは、マジックバッグから魔石を取り出して、ポリポリと食べる。

この半年で倒した5万体を超える虫の魔物の魔石は、メカノイドに進化したベレッタとも山分けしているので、とりあえずはそれで我慢してもらおう。

「これで更に【虚無の荒野】の再生が進む」

現在の【虚無の荒野】は、少しずつ植樹による森林再生と共に、動植物が発する魔力が空気中を満たしている。

だが、魔力が満ちているのは地表だけであり、地中にある地脈は途絶えたままである。

このまま放置しても地表の魔力が地下に浸透し、いずれは地脈の再生が始まるだろう。

それでも地脈の再生過程で魔力が一カ所に溜まれば、ダンジョンや魔物の発生などが起こる可能性がある。

「だから、私たちが地脈の管理と制御ができるように、制御魔導具を創るわ」

ラリエルが闇精霊にその再生と管理を任せていたように、私たちは魔導具でそれを行なうのだ。

「さて、創りましょうか。――《クリエイション》地脈制御魔導具！」

私は、自身の魔力と蓄えた魔晶石の魔力――合計１５０万魔力を使って魔導具を創る。

地脈管理に必要な魔力の制御システムに関しては、【虚無の荒野】に眠っていた人型魔導兵器の核の魔石を《アナライズ》で解析した時に知識は手に入れた。

その知識を基に、今まで【虚無の荒野】の結界魔導具を一元管理していた管理魔導具の上位互換の魔導具を創り出す。

そして、創造魔法の光が寄り集まり、その制御魔導具――正確には、魔石を固定する台座型制御魔導具が創り出された。

「ベレッタ、これの設置に適した場所を教えてくれる？」

『それでは、屋敷の別館に制御魔導具を設置いたしましょう。ご主人様の管理用魔導具とリンクさせれば、【虚無の荒野】の地脈状況を常にモニターすることができます』

「ありがとう、ベレッタ」

早速、地脈制御魔導具を設置して、要の魔石としてマザーの巨大魔石を設置する。

そして、設置した地脈制御魔導具をリンクさせた管理用魔導具でモニターした結果、【虚無の荒野】

の地脈は、壊滅状態だった。

「改めて、こうして見ると酷いわね」

千切れた地脈が赤い点線のようになっていた。

ただ地表で生成される魔力が少しずつ地中に染み渡り、千切れたライン同士が伸びて繋がる兆しが見えている。

私たちは、この地脈制御魔導具を通して魔力を大地に与えて、地脈の再生を促す。

また、地脈に余剰魔力が溜まっていたら、魔力災害を引き起こす前に吸い上げて、制御魔導具の要の魔石に蓄えたり、空気中に発散させることができるのだ。

「とりあえず、今は廃坑の瘴気の浄化をしなきゃいけないから、地脈の再生に魔力を送るのはしばらく先になりそうね」

『それまでの管理は、我々にお任せ下さい』

魔導具の管理や制御に関しては、高い演算能力を持つベレッタたちメイド隊に任せるのが安心であるために、私もお願いと言って頼る。

その後、解体したマザーの死体には魔石以外に使える素材がないので全て火魔法で焼却して、片付けた。

その後、私たちは【転移門】で廃坑に戻り、廃坑の入口では——

「おーい、チセちゃん！　テトちゃん！　ベレッタさん！」

「アリムちゃん」

「えへへへっ！　待ちきれなくて、ここで待ってたんだ！」

冒険者としての指導を約束したアリムちゃんが、どうやら廃坑の入口で待っていたようだ。

私は、仕方がないと言った風に苦笑いを浮かべて、アリムちゃんを連れて廃坑の山から下りる。

町外れの空き地まで移動して、そこで冒険者になるための基本的な指導を行なった。

ガルド獣人国では、獣人冒険者に対する指導が多かったために、ドワーフの適性を鑑みてこちらも色々と調整しなければならないが、指導初日は、アリムちゃんがヘトヘトになってテトに背負われて宿屋に帰るのだった。

36話【女神の使徒】

冬の間は、廃坑の奥地の瘴気の浄化と、アリムちゃんへの指導で日々が過ぎていく。

アリムちゃんの両親は、アリムちゃんが冒険者になって旅をしたいことには反対していないが、私たちに対する指導料に関して色々と言いたそうにしていた。

大きな町で剣術道場や冒険者ギルドの講習などに通う場合には、月謝や講習料などが掛かる。

私たちが無料だと言っても納得しないために、冬の間の宿屋の宿泊費を無料にしてもらった。

もちろん、食材は今まで通りに提供する形ではあるが、納得してもらえた。

そして、アリムちゃんに関しては――

「はぁはぁ……はぁはぁ……」

「走る姿勢が崩れているのです！　あと一周なのです！」

「は、はい！」

春までの時間とアリムちゃんの適性を考えて、指導は基礎的な物に限定している。

『ご主人様、アリム様はどんな感じに仕上がりそうですか？』

今、アリムちゃんへの指導メニューは、テトの監督のもと、基礎体力を付けるための走り込み、体力が尽きたら休憩ついでに魔力量と魔力制御能力強化のための瞑想。

体力が回復したら、ベレッタから体術の型を教わる。

夕方になれば宿に帰り、食事の後は簡単な読み書きを教え、私たちが冒険者として受けてきた依頼に関する経験の話を語り聞かせる。

「あくまで、冒険者に成り立ての子が必要な技能と運動量を参考にしているから、最終的にはEランク冒険者ってところね」

きっちりとこなしておけば、冒険者としての新人時代には大して苦労することはないだろう。

そこから武器を持ち、【身体強化】を覚え、討伐依頼などをこなしていき一人前のDランクになれれば、パーティーを組んで町から町へと旅をすることができるだろう。

正直、義娘のセレネのように幼い頃からの英才教育ではないために、どうしても地道な反復訓練の下地作りになるが、アリムちゃんは弱音を吐くことなく続けている。

そうした日々が続き、冬が終わろうとするある日――

「――《ピュリフィケーション》！」

大穴に溜まった瘴気の汚泥を浄化し続け、遂に全ての汚泥を浄化することができた。

汚泥の底には、虫の外殻や腐った虫の肉などが溜まっていたので、それらも魔法の炎で焼却していく。

「ふぅ、これでようやくラリエルの依頼が全部終わったわね。でも――」

「魔女様、何か気になることでもあるのですか？」

「廃坑をこのまま残しておくのは、大丈夫なのか、と思ってね」

地脈の噴出地点は閉じたが、入り組んだ廃坑はそのまま残っている。

廃坑の虫魔物たちは廃坑の外に出ることはなかったが、外部から入り込んだ別の魔物が住み着き、繁殖すれば、町の脅威になるだろう。

まぁ、それに関しては、もう少し考えようと思う。

とりあえず、頻繁に廃坑内に通う必要もなくなったために、【転移門】などを回収して、廃坑から出れば、今日もアリムちゃんが廃坑の入口で待っていた。

「チセちゃんたち、今日もよろしくお願いします！」

「ええ、よろしくね。それと、アリムちゃん。今日は、私たちの廃坑での依頼がようやく終わったから、近いうちにこの町を出るわ」

私が、近々町を出ることを告げた時、アリムちゃんは寂しそうな笑顔を浮かべる。

「……そっかぁ。えへへへっ、それじゃあ、今日も頑張らないとね！」

そして、その日はいつもよりアリムちゃんが張り切り、一日を終えて宿屋のベッドで眠りに就く。

…………………

…………

……

夢の中――いつもの神託で女神と出会うあの空間に居るのに気付いた。

夢見の神託でラリエルに出会えたなら、残った瘴気の汚泥の浄化まで任せたことに、一言文句でも言おうと思っていた。

だが――

『あたたたたっ！　ちょ、いたたたたたたっ！』

『あなた、私が、私が転生させて見守っていたチセにお願いした挙げ句、後始末まで任せるって、どういうことよ！』

辿り着いたあの空間では、思いがけぬ光景を見せられる。

それに隣には、何故かテトとベレッタも一緒に並んで不思議そうに首を傾げている。

「ああ、コレは夢ね。いつもの夢見の神託じゃないわね」

「魔女様？　ラリエル様？　が知らない女性に締められているのですよ」

『ご主人様、テト様。状況を推察するに、精神干渉の一種だと思われます』

「テト、ベレッタ、大丈夫よ。彼女は、女神リリエルだから……って夢のテトとベレッタに言っても仕方ないのかな？」

リリエルは、姉のラリエルにコブラツイストを掛けている姿で現れたのだ。

これは、夢見の神託ではなく、私の普通の夢なのかもしれない……と遠い目をする。

『ちょ、助けて！　助けてくれ！　チセ、テト、ベレッタ！』

『ラリエルが原因でしょうが！　あなたは、昔から考え無しで！　尻拭いは私がして！』

更にプロレス技を掛けていくリリエルに私たちは、唖然とする。

途中でラリエルが力尽きたのを見たリリエルが解放し、姿勢を正して私たちと向き合う。

『ようこそ、チセ。そして、初めましてテトとベレッタね。私は、リリエル。チセをこの世界に転生させた女神です』

にこやかに挨拶するが、復活して息絶え絶えのラリエルの姿を見ると、やっぱり夢ではないか、と思う。

「ああ、これは夢ね。テトとベレッタもいるし」

『夢ではありませんよ。そこの馬鹿姉のラリエルが出した依頼を達成したのに、チセとテト、ベレッタの三人を後始末で長々と拘束していたので、締め上げていました。それと、チセを私の使徒にしたために、その眷属《けんぞく》も含めてこうして招くことができました』

まさか、夢じゃないとは……と驚く私が、テトとベレッタを見ると小首を傾げている。

「えっと……そもそも使徒ってなに？」

『使徒は、神の使い。神が地上に直接影響を及ぼすことを制限されているので、その代わりに影響を及ぼしてくれる人物です。まぁ、そこの馬鹿姉が瘴気の汚泥の処理をお願いしたお陰で、浄化で出た大量の魔力を利用してチセを使徒に認定できたのですけどね』

だから、チセたちにラリエルのお願いを聞かせるのは嫌だったのだ、中途半端なことしか伝えずに最善の状況にできないのが分かっていたから……とブツブツと呟き、呪詛を吐きまくっている。

『まぁ、使徒認定ってのも強い切っ掛けがないと与えられないから、その点では良かったですけどね』

その間に、ゆっくりと起き上がるラリエルは、全く悪びれた様子も無く、話に加わる。

『使徒認定なんて、深く考えなくてもいいさ。ただ、神託を与えてくれた神様の声が聞こえやすくなるだけ……信仰心の厚い人間なら、泣いて喜ぶだろうけど、あたしたちにとっては友達認定と同じなんだから……』

結果的に、私の浄化によって出た清浄な魔力と女神の代行者としての行ないによって、私がリリエルの使徒になったようだ。

それにしても――

「わーい、新しい友達ができたのです！」

『女神様方に、友人とは恐れ多いです。ですが、リリエル様には、ご主人様が私の体を直す際の助言を頂いたことのお礼をしたいと思ってました』

テトとベレッタは、それぞれがリリエルに対して、好意的に接している。

対する私はと言えば――

「使徒が友達って軽いわね……」

ラリエルの物言いに私は、苦笑を浮かべていた。

『まさか、チセは私と友達が嫌なの？』

「いいえ、リリエルとは友達、って感覚よりも同志って感じなのよね」

【虚無の荒野】の森林も増えつつあり、動物を放ち、生態系の構築など、個人的に好きでやっていることだ。

そんな【虚無の荒野】の再生を共に見守り、荒涼とした寂しい大地から緑豊かな森を作り出そうとする同志、そんな感じであることを伝える。

『うう、チセェェェェッ！　ありがとぉぉぉぉっ！』

そう言って、私に抱き付いてくるリリエル。

最初は、無機質な感じの女神だったのだが、話をすると知的ながらも苦労していることが多いのでついつい、支えてあげたくなる。

「よしよし、頑張っていることを知っているから」

「話は聞いているのです。大変だったのです……」

『ありがとぉぉぉっ！』

女神だけど本気で今まで溜め込んだものを吐き出すように泣き始めるリリエル。

その話の殆どは、森林を創り、小動物を放ち、地脈の再生に漕ぎ着けたことへの感謝だった。

だけど、私としても感謝しているのだ。

【虚無の荒野】を一から再生させることで、強く私の居場所だと感じられたのだから。

そんなリリエルに対して、私はふと一つの相談があることを思い出した。

「そうだ。実は、マザーの居た廃坑をどうするか、ちょっと悩んでいるのよね」

『廃坑？』

「ええ、あのまま放置して魔物の住処になるといけないけど、だからと言って私が山を押し潰しちゃうのもなんか違うし……」

「なるほどね。それなら私に任せて頂戴！　私は大地を司る地母神だから、廃坑を良い感じに崩すのは造作もないことよ」

リリエルの言葉に私は、私たちに良くしてくれた町の人々の生活を守ることができると思い、ホッと安堵する。

そして、ある程度落ち着いたリリエルと、色々な悩みを抱えるリリエルの不満を聞いて視線を逸らすラリエル。

「そもそも、そもそもそもよ！　ラリエルが３００年以上前に呼んだ転生者が、あの廃坑の山に住み着いていた魔物を倒した後、ミスリルやオリハルコンが発見されたから鉱山開発が始まったのに！　自分の転生者が原因での問題だったのに！　なんで私のチセたちに解決を頼むのよ！」

「だって、仕方がないだろ！　前の奴を転生させた時は、こんなことになるとは思わなかったし！」

「それに！　討伐した後の処理も雑よ！　いくら自分が太陽神だからって、少しは大地のことも考えなさいよ！　チセに残った瘴気の汚泥の浄化を任せて！　もし放置されてたら、何かの拍子に近隣の大地に広がったらどうするのよ！」

そんな裏事情を聞きながら、私は若干ラリエルに冷ややかな目を向け、テトとベレッタは、どうどうとリリエルを落ち着かせる。

そして、最後に――

『チセたちには本当に感謝しているわ。地脈制御魔導具で少しずつでも地脈を回復してくれてありがとう。本当はもっと格式張った感じでやりたかったけど、――チセを地母神・リリエルの使徒と認め、その眷属であるテトとベレッタにも女神の祝福を。とりあえず、今後ともよろしくお願いね』

『それと妹神の使徒は、あたしの友達ってことで今後ともヨロシクな！』

若干泣き腫らした目元をしながら、そう宣言するリリエル。

そして、ちゃっかりと私たちに友達宣言するラリエルの言葉を聞いて、私たちは、夢から目覚めるのだった。


……………

…………

……

「なんか、凄いことになったわね。女神の使徒か……」

私が目が覚めた後、リリエルたちを祀る教会でも建てる必要があるか、と考えていると、外の雨音に気付く。

窓を開けて外を見ると大雨が降り始めていたのだ。

冬が終われば春の長雨ではあるが、この大雨は女神リリエルの奇跡だとなんとなく思った。

「魔女様、凄い雨なのです」

『ご主人様、これでは外に出掛けるのは適切ではありませんね』

「でもこれは、リリエルの雨だから、きっと廃坑のことを何とかしてくれてるのね」

私とテト、ベレッタは、三人で雨音に耳を傾ける。

その春の長雨は、三日三晩続く大雨となり、私たちが廃坑の町を旅立つのを遅らせた。

強い雨が降り続け、宿屋の窓を風が激しく叩く。

リリエルの降らせる雨は、廃坑の山に染み渡り、廃坑内を保護していた土魔法の強化を徐々に崩していたのだろう。

その大雨の結果、ドワーフたちが土魔法で固めたはずの廃坑が崩落した。

幸い町の建物や田畑、住人には被害が出ずに、廃坑の山だけが崩落し、新たな魔物が住み着く坑道や地脈に近い最深部までが潰れて埋もれてしまった。

辛うじて残る坑道の一部には、崩落から逃げ出したコウモリが改めて住み着き、僅かに覗く岩壁から鉄や銅の鉱脈が見つかったので、廃坑の町は以前と変わらなかった。

私たちが廃坑探索を終えた直後に廃坑が完全に崩落したのは、偶然にしてはタイミングが良すぎる。

だが、それを疑う人は居らず、また女神リリエルの奇跡であることを知っているのは、私とテトとベレッタだけである。

余談であるが後日、【虚無の荒野】に戻った際には、【創造魔法】でリリエルたち五大神を祀る教会を屋敷から少し離れた場所に建てた。

その建物の中には、リリエルとラリエルの女神像を創り出して設置したのだった。

37話【改めて休暇のために港町へ】

思わぬ大雨で足止めされた私たちは、廃坑の町の住人たちに見送られて、旅に出る。

女神・リリエルによって引き起こされた奇跡の大雨は、廃坑を崩すだけではなく、周囲の木々や大地に活力を与え、以前よりも豊かな大地に作り替えていた。

「チセちゃん、テトちゃん、ベレッタさん。行っちゃうんだね」

すっかり私たちに懐いたアリムちゃんは、泣きながら私たちと別れる。

「ええ、ここでの出来事は忘れないわ」

「はいなのです！　一緒に過ごせて楽しかったのです！」

『アリム様、別れに涙は似合いません。いつもの笑顔を見せて下さい』

旅を続ける冒険者ゆえに、また会いに来るという保証はないために、下手な約束はしない。

だけど、互いに忘れずに楽しい思い出として残しておくことにした。

「うん！　教えてもらったことを生かして絶対に冒険者になる！　チセちゃんたちみたいな立派な冒

険者になって、この町を盛り立ててるんだから！」

そんなアリムちゃんの夢に私たちは、相槌を打つ。

「ええ、遠い空の下から、応援しているわ」

そして、私たちは、見送りに来た町の人たちが見えなくなるまで手を振りながら進む。

『今のこの感情は……きっと寂しいと言う物なのでしょうね』

ぽつりと呟くベレッタの言葉に私は、苦笑を浮かべる。

「そうかもね。私とテトは、何度もこうした別れを繰り返しているから慣れたかなぁ」

私だって、別れに慣れたと言っても寂しさがないわけじゃない。

その代わりに、一つ一つが大事な思い出になっていくために、寂しさに引き摺られることはないのだ。

それに——

「旅立ったから、新しい物に出会えるのです！　テトは、早く海に行って美味しいお魚を食べたいのです！」

「そうね。旅立ったからこそ、出会える楽しみがあるものね」

明るいテトの言葉に同意すると、ベレッタが私たちを眩しそうに見つめる。

『そうですね。そういう考え方もできるかもしれませんね』

そして、しばらく歩き続けるが、ふとベレッタの歩みが止まっている事に気付く。

「ベレッタ、どうしたの？」

「早く行くのですよ～！」

私はベレッタに振り返り、テトが歩くように促すが、ベレッタの足は止まったまま静かに私たちを見つめていた。

『ご主人様、テト様、再び勝手なお願いではありますが、私はここで【虚無の荒野】に帰りたいと思います』

「どうしてなのですか？」

無言で見つめる私の代わりに、テトが率直な疑問を口にする。

ベレッタが旅への同行を願い出た理由は、外の世界を知ることと料理のレシピを増やしたいことだ。

これから海の幸を食べるために、訪れる予定の港町に行けば、人も情報も食材もこれまでよりも多く集められるだろう。

だが――

『ご主人様たちの旅に同行し、外の世界に触れ、アリム様たちと交流を深めた結果、私はメカノイドという種になることができました』

「そうね。だからこそ、今まで以上に外の世界を楽しめるんじゃない？」

ベレッタは、メカノイドとなって自身で魔力を生み出せるようになり、奉仕人形だった頃よりも活動時間が延びたのだ。

『確かに私の活動時間が延び、全体的な性能も向上しました。ですが、そこで色々と考えたのです。私の本懐とは何かを――』

一度、呼吸を整えるように、気持ちを整理するように無言になったベレッタの言葉を私とテトは待つ。

『私の本懐は、ご主人様の居場所である【虚無の荒野】の留守を預かり、部下の奉仕人形たちがメカノイドになれるように教育する。そして、ご主人様たちが帰ってきた時に――「お帰りなさいませ」の一言を言うのが、私の役目であると愚考します』

だからこそ、ここでベレッタは【虚無の荒野】に戻ることを決めたのかもしれない。

知識と情報の更新のために旅に同行したベレッタは、旅での成長を生かし私たちの帰る場所である【虚無の荒野】を守ってくれる。

それは、今までのベレッタの在り方とさほど変わらないようにも思えるが、ベレッタ個人としては変わったのだろう。

「分かったわ。それじゃあ、【転移門】を取り出すわ」

「でも、ベレッタとの旅はこれで終わりじゃないのですよね？」

私は、マジックバッグから【転移門】を取り出して設置し、テトがベレッタに問い掛ける。

『テト様、もちろんです。【虚無の荒野】の留守を預かる身ではありますが、いずれは再びご主人様たちの旅に同行させて頂きたいと思います』

ベレッタは、恭しく頭を下げてくる。

『ご主人様、テト様。改めて――行ってらっしゃいませ』

「ええ、行ってくるわ。どこかで落ち着いたら、【虚無の荒野】に帰ってくるわ」

「お土産、楽しみに待っているのです！」

『はい、それでは失礼します』

そう言ってベレッタは、微笑みを浮かべたまま、【転移門】を潜り抜ける。

そして、ベレッタがいなくなった後、【転移門】を片付けた私は、テトに向き直る。

「さて、行きましょうか。近くの冒険者ギルドに寄って依頼をこなしながら、海辺の町を目指しましょう」

「はいなのです！　ついでに美味しい料理があったら、ベレッタに教えるのです！」

私は、テトの言葉に相槌を打ちながら、今度はマジックバッグから空飛ぶ絨毯を取り出して、二人で乗る。

私たちは、当初の予定である観光と海の幸を楽しむために海辺を目指す。

ベレッタに【虚無の荒野】を任せた安心感があるからこそ私たちは、まだ見ぬ海辺の町を心から楽しめるのだと思う。

魔力チートな魔女になりました

a Witch with Magical Cheat

創造魔法で気ままな異世界生活

Extra

番外編【魔女歴500年くらいの廃坑の町】

最近、忙しかった仕事が一段落付き、ようやくテトとベレッタと共に出掛けることができた。

『ご主人様、そのままの恰好では非常に目立ちます。お忍びの恰好に着替えることを推奨します』

ベレッタに忠告された通り、この500年で私たちの名は、広く知られるようになった。

特に【創造の魔女】と呼ばれる私は、トレードマークの魔女の三角帽子に黒いローブ姿で出歩くとかなり目立つようになってしまった。

そのために今回は、ワンピース姿につば広の麦わら帽子というお忍びの恰好でテトとベレッタを連れて旅行に出掛けたのだ。

「この町に来たのは、何百年ぶりかしらね。大分、様変わりしているわね」

昔は、廃坑の町として剥き出しの岩山や埃っぽく寂れた町並みが印象深かった。

鉱山の閉鎖と共に衰退したドワーフたちの町ではあったが、現在は町の外には果樹園が広がり、町もレンガ造りの建物に建て直され、剥き出しだった地面にレンガの道が敷かれておしゃれな町並みに変わっていた。

「まぁ、いくら長命種族のドワーフって言っても、みんな亡くなっているわよね」

ドワーフの寿命は長くても150年程度である。

昔この町で出会った人たちはみんな既に亡くなっており、今居る人たちは彼らの曾孫の世代か余所《よそ》から来た人たちである。

町も様変わりしており、記憶の中の廃坑の町は、もう何処にもないことに少し寂しさを覚える。

「魔女様！　早く行くのです！　あっちに果樹園の果物を使ったお菓子が売っているみたいなのです！」

『テト様、落ち着いてくださいませ。お店は逃げませんよ』

テトは、普段通りの革鎧に腰に剣を差した恰好をしており、ベレッタもいつもと変わらぬクラシックタイプのメイド服を着込んでいる。

私だけがお忍びのワンピース姿をしているために、観光に来たお嬢様とその護衛とお付きのメイドのような状況に見えるだろう。

しばらく町中を歩いていれば、大通りに観光客や商人たちが行き交い、活気のある町に変わっていた。

そんな大通りをテトとベレッタと共に進み、時折お店に立ち寄る。

町の周りに植えられた様々な果樹の恵みを使った商品が並んでいる。

お菓子に、果実酒、木のチップを使った燻製などが並び、それらに舌鼓を打ちながら進めば、中央の広場に辿り着く。

町の中央広場には、小柄な女性ドワーフの銅像が建てられており、その銅像の台座の前でドワーフの女性が町の歴史について訪れた観光客たちに説明していた。

「この銅像は、この町出身の冒険者にして町の発展の立役者でもある【岩壁】のアリムを讃えるために建てられた物です」

ドワーフの女性が語る町の話に私たちも足を止めて、その言葉に耳を傾ける。

ドワーフの女冒険者であるアリムは、冒険者として各地を旅する傍ら、故郷の発展のために尽力したそうだ。

ある時は、魔境の奥地に自生した果物の種を持ち帰り、町で栽培を試みて、新たな特産品を作ろうとしたそうだ。

土魔法を得意とする町のドワーフたちと共に協力して栽培方法を確立して果樹園が誕生し、何もない町を果物の生産地に押し上げることができたそうだ。

またその果物を使ってお酒を造るために、酒造りの職人を探したそうだ。

冒険者としても西へ東へと足を運び、地道な依頼で人脈を広げていったそうだ。

「冒険者としてのアリムは、模範的な冒険者とされており、困っていた人たちを積極的に助けたそうです。そんな彼女に助けられた人々に慕われ、そんな彼らの助力や伝手《つて》もあり、こうして町は発展していったとされています」

ですが――と前置きした女性の言葉に、私たちはやや前のめりになりながらも話に引き込まれる。

「そんな冒険者アリムの最大の敵は、なんと身内のドワーフだったのです。なんてったって、お酒好きで知られる私たちドワーフは、お酒を造る端から味見と称して飲もうとしたのですからね」

おどけるような女性の話に、話を聞いていた観光客たちも笑い声を漏らし、私たちも小さく笑ってしまう。

そんな紆余曲折がありつつ、果物で作ったお酒が出来上がったそうだ。

更にそのお酒を使った蒸留酒を作るために、廃坑に残されていた鉱脈から金属を集めて、鍛冶の町として知られたドワーフたちの技術を使い、蒸留器を作り上げたそうだ。

そんな町の名産であるお酒を熟成させるために、町に残された廃坑の坑道をレンガで補強して整備した、暗く、冷たい、程よい湿度の場所で寝かせた廃坑ブランデーは、この町の歴史と発展に欠かせない名産品となったらしい。

「過去から今に続く積み重ねがあったからこそ、この町の【廃坑ブランデー】は誕生したのです。ぜひ、皆様には【廃坑ブランデー】を一度口にして頂き、お酒の芳醇な香りと共に寝かせた年数以上の町の積み重ねに思いを馳せて頂けたらと思います」

そうして、話を締め括った観光案内のドワーフの女性は、町の各所への案内をしてくれた。

蒸留酒作りの初期のものだという蒸留器の試作品が展示されている酒屋。

酒瓶作りで技術が培われたガラス細工の工房。

町の果物やお酒を使ったお菓子のお店の場所などを、身振り手振りを混じえて案内している。

「では、冒険者にして町発展の立役者のアリムの最期の言葉です。――『夢を叶えることができました。私たちの立派になった町を見ていって下さい』――との事です」

観光案内の女性は、アリムの夢とはなんなのか？　そして、こうした観光業での発展で皆様が来ることを予見していたのか、定かではありませんが、是非とも私たちの町を見て楽しんでいって下さい、と言葉を締め括る。

「……魔女様、泣いているのですか？」

「えっ？　嘘っ……」

私は、麦わら帽子のつばを下げて顔を隠し、そっとベレッタが差し出してくれたハンカチで涙を押さえる。

アリムちゃんの最期の言葉を聞いた瞬間、アリムちゃんの声で聞こえたような気がした。

「テト、ベレッタ。あれって、多分、私たちに宛てた言葉だよね」

「テトもそう思うのです。冒険者としての夢も、町を大きくしたい夢も両方叶っていたのです！」

『アリム様は、立派な人生を送られていたのですね』

私たちは、そう呟き、アリムちゃんの銅像を見上げる。

先ほどの観光案内から、アリムちゃんの人生を想像することしかできないが、それでも時を超えてあのような言葉を残して置くなんてのは少しズルい気がする。

私も年を取って涙腺が少し緩んでいるのだろうか？　と考えてしまう。

「……よし、湿っぽい話はこのくらいにして、行きましょう！」

私が、パチンと小さな手を叩き、気持ちを切り替える。

「それならテトは、美味しい物を食べに行きたいのです！」

『ご主人様、そろそろ暑い時期がやってきましたので、私はガラスの茶器などを見て回りたいです』

「私は、果物のもぎ取り体験とか、坑道の熟成所見学ツアーとかに行きたいわね」

時を超えての思いを受け取ってしんみりとした気持ちになったが、それよりも今のこの町を楽しみ、新たな思い出として胸に焼き付けようと思う。

また再びこの町に訪れた時、その変化をより実感できるように、または以前訪れた時と変わらぬ場所を見つけて懐かしめるように。

あとがき

初めましての方、お久しぶりの方、こんにちは。アロハ座長です。

この本を手に取って頂いた方、担当編集のIさん、作品に素敵なイラストを用意してくださった、てつぶた様、また出版以前からネット上で私の作品を見て下さった方々に多大な感謝をしております。

非常に好評だった前巻の後ということで、読者の皆様の期待に応えられるか不安ですが、応えられるように4巻の執筆を頑張らせて頂きました。

4巻を執筆する際に、いくつかの点を重視してWeb版を再構成して加筆修正を行ないました。

一つは、4巻のメインキャラクターに関してです。

元々のWeb版4章では、3巻に登場した義娘のセレネのような、その巻のメインキャラクターは居ませんでした。

メインキャラクターと呼ぶには登場頻度やエピソードがまだ薄かったために書籍版では、奉仕人形のベレッタを中心に話を掘り下げて加筆した結果、Web版とは若干異なる展開に仕上がりました。

またこの巻全体としても読みやすい区切りを意識した話の再構成と厚みを持たせられるようにエピ

ソードの加筆・修正を行いました。

その結果、前巻を超える文字数となり、本の厚みが増してしまいましたが、楽しんで頂けていたら幸いです。

ちなみに書籍1巻の0話に奉仕人形のベレッタが僅かに登場しておりますが、これに関してはWeb版4章の執筆時期とちょうど被り、先の展開がある程度決まっている段階で出版できるWeb小説作家の強みを生かしたという事情があります。


不老の魔女のチセとテトにベレッタという新たな仲間が加わり、気ままな旅物語と【虚無の荒野】を育むスローライフの二重生活の物語を引き続き見守って頂けたら幸いです。


これからも私、アロハ座長をよろしくお願いします。

最後に、この本を手に取って頂いた読者の皆様に改めて感謝を申し上げます。

GC NOVELS

魔力チートな魔女になりました
a Witch with Magical Cheat
創造魔法で気ままな異世界生活 4

2021年2月6日初版発行

著者 アロハ座長

イラスト てつぶた

発行人 子安喜美子

編集 伊藤正和

装丁 森昌史

印刷所 株式会社平河工業社

発行 株式会社マイクロマガジン社
〒104-0041 東京都中央区新富1-3-7 ヨドコウビル
［販売部］TEL 03-3206-1641／FAX 03-3551-1208
［編集部］TEL 03-3551-9563／FAX 03-3297-0180
https://micromagazine.co.jp/

ISBN978-4-86716-109-8 C0093

本書は小説投稿サイト「小説家になろう」(https://syosetu.com/)に掲載されていたものを、
加筆の上書籍化したものです。